Unterwegs-
geschichten

Barbara Wegener

Unterwegsgeschichten

.

Bibliografische Information der Deutschen National-
bibliothek:
Die Deutsche Nationalbibliothek verzeichnet diese
Publikation in der Deutschen Nationalbibliografie;
detaillierte bibliografische Daten sind im Internet
über http://dnb.dnb.de abrufbar.

© 2014 Barbara Wegener

Illustration: fotalia.de

Herstellung und Verlag:
BoD – Books on Demand, Norderstedt
ISBN 978-3-7357-3951-3

New Eden

(Nominiert für den Deutschen Phantastik-Preis 2014 als beste Deutschsprachige Kurzgeschichte)

„Frühstück! Kommt, beeilt euch!"

Wie jeden Morgen rief Katrin ihre Familie zusammen. Sie bestand auf gemeinsame Mahlzeiten am Morgen und Abend. „Wer möchte was? Rind, Schaf, Kalb, Ziege, Mensch?"

„Mensch", rief Clarissa, und die übrigen Mitglieder der Familie schlossen sich an.

Katrin verteilte die Konserven. „Das war der Rest. Nach der Arbeit werde ich bei der Blutbank vorbeischauen müssen. Habt ihr eure Schulsachen gepackt?"

Mit vollem Mund nickten beide Kinder.

Endlich erschien auch das Familienoberhaupt. Mit einem „Hallo Schatz" begrüßte sie ihn. „Frühstückst du mit uns, oder soll ich dir deine Beutel einpacken?"

„Bin leider spät dran. In dreißig Minuten findet eine Videokonferenz mit den Werwölfen in Südafrika statt. Kann heute später werden."

Er griff nach der Lunch Box mit der Blutkonserve und stürmte aus dem Haus.

„Warum zankt ihr euch schon wieder?" fragte Mutter ihre Sprösslinge, die sich wütend ansahen.

„Clarissa hat ´nen neuen Freund. Einen Werwolf! Das ist ein absolutes No-go! Werwölfe stinken, wenn sie nass werden!"

„Da musst du grade deinen Senf dazu geben. Hab dich letztens mit dieser Busfahrerin gesehen. Zombie. Der ist doch tatsächlich während der Arbeitszeit das Ohr abgefallen. Wie peinlich ist das denn? Wie viel muss die eigentlich im Monat für den Schönheitschirurgen ausgeben?"

„Zankt euch nicht, Kinder! Was haben Vater und ich euch beigebracht? Keine Streitereien am Frühstückstisch! Und, hey, auseinander! Nicht beißen! Beeilt euch lieber, sonst verpasst ihr den Bus!"

Die Mutter seufzte erleichtert, als die Kinder ihre Schultaschen nahmen und das Haus verließen. Nun musste sie sich selbst beeilen. Ihr Kollege Ralf, anders als sie ein Mensch, wollte sie zur Arbeit mitnehmen und würde in wenigen Augenblicken mit dem Auto vor dem Haus stehen. Sie überprüfte noch einmal Make-up und Kleidung, griff nach dem Aktenkoffer und erreichte kurz vor Ralfs Ankunft die Auffahrt.

„Du wirkst heute ein wenig nervös", meinte sie, als sie sich neben ihn setzte.

„Katrin, ich weiß auch nicht, was heute mit mir los ist. Seit ich aufgestanden bin, plagen mich merkwürdige Angstattacken!"

„Wegen der Revision? Wir haben doch gestern alles noch mal überprüft. Die Firma muss sich absolut keine Sorgen machen!"

„Keine Ahnung, ob es die Revision ist. Ich habe Angst, fühle mich irgendwie verloren und bin bereit, jeden Augenblick die Flucht zu ergreifen!"

„Die Flucht? Vor wem? Vor der Arbeit?"

Katrin grinste schelmisch. Sie fühlte sich seltsam beschwingt. Und Ralf duftete heute besonders köstlich. Seine pulsierende Halsschlagader zog sie magisch an. Sie stellte sich vor, wie sie ihre Zähne in das weiche Fleisch … Stopp! Wie kam sie nur auf solche Gedanken?

„Halt bitte an", rief sie mit sich überschlagender Stimme. „Sofort!"

Irritiert bremste Ralf. „Was ist denn los? Wir sind doch gleich da. Nur noch zwanzig Meter!"

Doch Katrin hatte schon die Beifahrertür aufgerissen und sprang aus dem Wagen.

Die frische Luft ließ sie zur Besinnung kommen. „Fahr allein weiter", rief sie. „Ich geh die letzten Meter! Los!"

Sie hielt den Atem an, weil sie wegen Ralfs Geruch keinen weiteren Anfall bekommen wollte. Was war nur mit ihr los? Sie fuhr doch schon seit Jahren mit ihm zur Arbeit.

Gedankenverloren blickte sie seinem Wagen nach, der wenige Meter vor ihr in das Parkhaus neben dem Bürogebäude fuhr, in dem sie beide arbeiteten.

Katrin griff nach ihrem Handy. Sie musste den Notfalldienst informieren. Doch sie hörte nur das Besetztzeichen. Sie versuchte es wieder und wieder. Dann bemerkte sie, dass der Stadtbus direkt neben ihr hielt und einige Menschen ausstiegen. Katrin blickte auf, als sie deren wunderbaren Geruch wahrnahm, und sie sah Panik in ihren Augen.

Außerdem spürte sie ein unangenehmes Kribbeln auf der Haut, das immer unerträglicher wurde. Die Sonne! Sie vertrug das Sonnenlicht nicht mehr! Entsetzt rannte sie in den Schatten des Bürohauses.

Wieder versuchte sie, den Notruf zu erreichen, ließ das Handy aber sinken, als sie ein furchtbares Spektakel zu sehen bekam. Einige Meter von ihr entfernt verfolgte ein Zombie mit vorgestreckten Armen einen Menschen, der offenbar um sein Leben rannte. Der Wind trug dessen Duft zu ihr und sie wollte sich am liebsten auf ihn stürzen, konnte sich aber gerade noch zurückhalten.

Von überallher drangen nun Schreie an ihre Ohren, und sie sah vor wild gewordenen Zombies und Werwölfen flüchtende Menschen. Dann klingelte ihr Handy.

„Liebling! Geht es dir gut? Der Stadtrat hat gerade über die Medien verbreitet, dass der Aktivschirm über der Region zusammengebrochen ist! Offenbar haben militante Ghuls einen terroristischen Anschlag verübt! Alle Geister sind ausgefallen. Niemand weiß, wann sie wieder einsatzfähig sein werden! Und niemand ist mehr sicher!"

„Ich stehe immer noch im Schatten des Bürogebäudes, in dem ich arbeite. Ich kann hier nicht weg. Die Sonne … Hier ist momentan der Teufel los!"

Angewidert drehte sie sich zur Seite, als ein Zombie wenige Schritte neben ihr einen Menschen zerfetzte und sich genüsslich die Eingeweide einverleibte. Dann hörte sie wieder die Stimme ihres Mannes.

„Rühr dich nicht vom Fleck! Ich lasse dich von einem Spezialfahrzeug abholen! Und, keine Sorge. Die Kinder sind schon in Sicherheit! Sind grade hier eingetroffen!"

Katrin atmete auf und begann zu schnüffeln. „Bis gleich!", brachte sie noch hervor, ehe sie auflegte. Dieser köstliche Menschengeruch ganz in ihrer Nähe! Einfach unwiderstehlich! Unmittelbar hinter der Tür, an die sie sich lehnte, um dem zerstörerischen Sonnenlicht zu entgehen, stand ein Exemplar der Spezies homo sapiens. Sie hörte dank immer feiner werdender Sinne, wie sein Blut rhythmisch in den Adern pulsierte, drehte sich langsam um und sah nun die warme, schmackhafte Mahlzeit hinter der Tür. Die war für sie, obwohl metallen, kein Hindernis, und schon war sie bei ihrer Beute. Die schrie angsterfüllt, war aber unfähig, sich zu bewegen und lehnte an der Wand. Schritt für Schritt ging sie auf den Menschen zu. Kostete die Angst, die dem Opfer aus allen Poren zu tropfen schien. Dann stand sie direkt vor ihm. Es war ein kleiner, etwas dicklicher Mann, den sie oft gesehen hatte. Ah! Sie erinnerte sich! Vor ihr stand der Paketbote!

Sie war jetzt von Sinnen, wollte nur noch ihre spitzen Zähne in seinen Hals schlagen. Schon setzte sie zum tödlichen Biss an, als das Geräusch quietschender Reifen ihre Konzentration störte. Sie drehte sich zur Straße und erkannte eine schwarze Limousine mit dunkel getönten Scheiben, die vor dem Bürohaus zum Stehen gekommen war. Zwei Vampire mit Atemmasken sprangen heraus und stürmten auf sie zu.

Ein zorniges Knurren drang aus ihrer Kehle. Wollte ihr jemand die Mahlzeit wegnehmen?

Da waren die beiden Vampire auch schon bei ihr. Katrin wehrte sich vehement, als sie vom Paketboten weggezerrt und ihr eine Atemmaske aufgesetzt wurde, doch dann kam sie zur Besinnung.

Voller Reue und Scham wollte sie sich beim Fast-Opfer entschuldigen, doch das wollte nur noch so schnell wie möglich weg von ihr.

Bedrückt setzte sie sich ins Fahrzeug, das sofort losfuhr. Immer wieder musste der Fahrer Menschen, Zombies und Werwölfen ausweichen, die über die Straßen jagten.

Schließlich erreichten sie die Stadtmitte und damit den Komplex des inneren Schirms. Katrin sah eine Rauchwolke an der Kuppelstelle, wo die Geister normalerweise ihrer Tätigkeit nachgingen.

Der Wagen fuhr in die Tiefgarage, und Augenblicke später erreichte sie mit dem Fahrstuhl die Etage, auf der ihr Mann arbeitete. Man hatte ihn informiert, dass sie angekommen war, und so lief er ihr schon entgegen, als sich die Fahrstuhltüren öffneten.

„Zum Glück ist dir nichts geschehen. Komm. Die Kinder sind in meinem Büro." Liebevoll nahm er sie in seine Arme und führte sie dann den Flur entlang.

„Geht es euch gut?", rief Katrin aufgeregt, als sie ihre Kinder sah.

„Clarissa, hast du etwa einen Menschen angefallen?" Ihr Blick fiel auf den blutverschmierten Mund ihrer Tochter.

„Blutkonserve. Ziege", antwortete die mit vollem Mund und wies mit dem Kopf auf Vaters Schreibtisch, wo ein fast leerer Beutel herumlag.

Erleichtert nahm Katrin ihre Kinder in die Arme.

„Wie konnte das nur passieren?" Erwartungsvoll sahen die drei den Vater an.

„Wir wissen schon, dass sich heute vor Sonnenaufgang eine Gruppe Ghuls Zutritt zum Gebäude verschafft hat. Die Fanatiker sind in die Kuppel eingedrungen und haben das Vakuum zerstört, in dem die Geister leben. Die haben vergeblich versucht, die Kuppel zu schließen, und so gibt es zurzeit weder die das Zusammenleben unserer Arten garantierende Kraft noch den Schirm, der die für uns tödlichen UV-Strahlen abhält! Den Rest habt ihr ja selbst miterlebt. Die Kuppel ist mittlerweile wieder geschlossen und es wird alles unternommen, um die Geister wieder aufzuwecken. Ein schwieriges Unterfangen."

Sein Telefon klingelte.

„Müller", meldete er sich. Danach lauschte er einige Augenblicke dem Anrufer. „Verstehe. Danke für die Information." Er legte auf.

„Der UV-Schirm ist wieder aktiv. So, wie es aussieht, kommen auch die Geister langsam wieder zu sich. Was für ein Tag … Kommt, lasst uns in die Kantine gehen! Ich hab langsam Durst!"

„Die haben aber nur Ziege. Der Lieferant ist heute nicht gekommen", rief Clarissa.

„Besser als Nichts", antwortete ihr Vater, und gemeinsam gingen sie den Flur zum Kantinenraum hinunter.

Am späten Nachmittag bemerkten sie, dass ihre Gier nach frischem Menschenblut nachließ. Als Vaters Telefon klingelte, wussten sie bereits, dass die Geister wieder aufgewacht waren und ihrer Tätigkeit nachgingen. Sie konnten heimfahren.

Als sie das Parkhaus verließen, bot sich ihnen ein grauenvoller Anblick, Überall war Blut und lagen Leichenteile herum. Ein älterer Werwolf bemühte sich, die Blutung am Hals eines am Boden liegenden Menschen zu stillen und winkte den Rettungswagen herbei, der mit hoher Geschwindigkeit auf ihn zusteuerte.

Vor ihrem Haus stand ein junger Werwolf, der vor Freude über beide spitzen Ohren strahlte, als er Clarissa unversehrt aus dem Auto steigen sah. Sie rannte auf ihn zu und warf sich ihm in die Arme.

„Bernd! Dir ist nicht passiert! Gott sei Dank!", rief sie immer wieder.

„Als wir merkten, dass etwas nicht in Ordnung war, begab sich unsere gesamte Familie in den Keller und ließ sich dort vom Nachbarn einschließen. Er ist ein Mensch, und wir mussten uns keine Sorgen machen, dass er uns herauslassen würde. Erst, als der Stadtrat Entwarnung gegeben hatte, schloss er den Keller wieder auf. Ich bin sofort hierher gelaufen." Weiter kam er nicht, weil Clarissa ihren Mund fest auf seinen presste.

„Bleibst du zum Abendessen?", fragte Katrin. „Es ist aber nur Rind, Schaf, Kalb und Ziege da. Mensch ist aus, bin nicht zum Einkaufen gekommen, was du sicher verstehst!"

„Zu Schaf sag ich nicht Nein!", antwortete Bernd, als er sich endlich von Clarissa und ihren stürmischen Küssen lösen konnte. Und zusammen traten Vampire und Werwolf ins Haus, um sich von den Aufregungen der letzten Stunden zu erholen.

The Time After

(Nominiert für den Deutschen Phantastik -Preis 2013 als beste deutschsprachige Kurzgeschichte)

Koronarer Massenauswurf

DPA: *Eine Filament Eruption hat sich in den frühen Morgenstunden des 21.12.2012 von der Sonne gelöst und eine große Menge Plasma in Richtung Erde geschleudert. Die NASA bestätigte den Auswurf vor wenigen Augenblicken. Mit einem Auftreffen des Sonnenplasmas auf die Erde ist gegen 18 Uhr MEZ zu rechnen.*

www.wort.online.de/newsticker: *Hatten die Mayas Recht? Pünktlich zum 21.12.2012 trifft eine gewaltige Plasmawolke die Erde. Ist das unser Ende? Wissenschaftler sagen voraus, dass der Strom auf der ganzen Welt ausfallen könnte und erst wieder nach einigen Wochen zur Verfügung steht. Wird die Welt ins Mittelalter zurück katapultiert? Und was ist mit unseren Atomkraftwerken? Wie lange hält dort die Notstromversorgung? Kommt es zum Supergau? Lesen Sie weiter auf Seite 3 ...*

15. Mai 2040 - Erinnerungen der Claudia Menge

Ziehet aus und machet euch die Welt Untertan. Das gilt nicht mehr für uns. Insekten beherrschen die Welt. Und mit ihr die wenigen überlebenden Menschen.

Heute haben wir Jens begraben. Wie immer war es um die Mittagszeit, wenn die Ungeheuer noch nicht so zahlreich umherstreifen. Und wie immer ging es sehr schnell. Obwohl so viele von uns gegangen sind, ist es eines der wenigen Gräber. Karl sprach einige tröstende Worte, die Grube wurde zugeschaufelt, die kleine Jess legte ein Bund Wiesenblumen auf das Grab und schon zogen wir uns ins Versteck unter der Erde zurück. Jetzt bin ich die Älteste der Gruppe. Mit gerade einmal vierzig Jahren. Und ich werde die Nächste sein, die sich für das Überleben der Gruppe opfern muss, um die Jungen zu schützen. Ich werde mein Schicksal erfüllen.

Routinemäßig fällt mein Blick auf den Geigerzähler. Halbwegs normale Werte. Ich erinnere mich noch an den Tag, als das Chaos begann. Ich saß mit Schwester und Vater im Wohnzimmer. Der Fernseher lief und wir warteten, dass Mutter uns zum Abendessen rief. Sie wollte zu Papas Geburtstag etwas Besonderes kochen. Der Nachrichtensprecher im Fernsehen sagte etwas von einem Sonnensturm. Von Plasma, das auf uns zurasen würde. Wir sollten uns keine Sorgen machen. Lediglich die UV-Strahlen würden in den nächsten Stunden etwas höher als sonst sein. Wir sollten einfach das Haus nicht verlassen.

Und plötzlich war alles anders. Kein Strom mehr. Von einer Minute auf die andere funktionierte nichts mehr. Kein Licht. Kein Fernseher. Kein Computer. Und der Herd heizte auch nicht mehr. Wir hatten Angst. Es wurde klar, dass wir eine unglaublich schwere Zeit vor uns hatten. Eine Zeit, die niemand aus meiner Familie überleben würde.

Zunächst gab es kein Essen und Wasser zu kaufen. Dann kamen die Plünderer. Und dann die Ungeheuer. Erst waren sie relativ klein, traten aber in unglaublich großer Zahl auf. Dann wurden sie immer größer. Fraßen, was an Nahrungsmitteln noch übrig war. Und dann kamen die Menschen an die Reihe. Wir mussten unser Haus verlassen, als Kakerlaken in der Größe von Rottweilern es belagerten. Nur mit Mühe und unter Verlust von Schäferhund Terry, der uns mit seinem Leben verteidigte, kamen wir davon. Wir Kinder hatten keine Gelegenheit zum Nachdenken. Folgten wie unsere Mutter einfach Paps. Irgendwann waren wir an der Kaserne. Oberhalb unserer Stadt. Ich erinnere mich, dass außer uns noch Hunderte Menschen dort waren.

Erst hat man uns gesagt, wir dürften nicht hinein. Später, als laute Geräusche die Ankunft einer riesigen Meute Ungeheuer ankündigten, ließ man uns doch noch herein. Wir kauerten uns an die Wände der Kaserne und beobachteten mit Schrecken, was sich vor dem die Kaserne umgebenden Stacheldraht tat. Soldaten mit Flammenwerfern standen dicht an dicht und versengten die Ungetüme. Ein Geruch nach verbranntem Popcorn breitete sich aus. Das Knacken und Knirschen von Chitin-Hüllen ließ uns zusammenschrecken. Aber die Abwehr hielt. Die Biester zogen sich zurück.

Doch sie kamen wieder. Zusammen mit einem der strengsten Winter, die ich je erlebt hatte. Die Vorräte in der Kaserne gingen langsam aber sicher zur Neige und es wurden Gruppen losgeschickt, um in Häusern und Geschäften nach Nahrung zu suchen. Von sieben Gruppen mit je fünf Mann kamen nur zwei zurück. Was sie berichteten, ließ uns das Blut in den Adern gefrieren. Die Stadt war wieder bevölkert. Aber nicht mit Menschen, sondern von Heerscharen an Insekten, die bizarrste Formen entwickelt hatten. Mutationen, die in unglaublich kurzer Zeit durch erhöhte Radioaktivität entstanden waren. Offensichtlich kam es nach dem Ausfall des Stromnetzes zu Kernschmelzen. Die Soldaten berichteten außerdem von riesigen Ameisenhügeln, die nun die Vorgärten und Wiesen prägten.

Ständig wurde die radioaktive Strahlung gemessen. Mehrfach verboten sie uns, die Gebäude zu verlassen, wenn der Wind aus Richtung der zerstörten Kraftwerke herüberwehte. Trotzdem waren wir ständig einer Strahlungsmenge ausgesetzt, die unseren Körpern zusetzte. Erste Kinder mit Missbildungen wurden geboren. Es gab Totgeburten. Mütter verbluteten während der Entbindung und erste Strahlentote waren zu beklagen. Meiner Mutter fielen die Haare gleich büschelweise aus. Ihr Zahnfleisch fing an zu bluten und sie fühlte sich matt und krank. Eines Morgens wachte sie nicht wieder auf.

Nachdem Insekten eines Tages die Absperrung überrannt hatten und erst nach langen Minuten zurückgedrängt werden konnten, war meine Schwester nicht mehr da. Vater und ich weinten nicht. Wir hatten keine Tränen mehr. Und irgendwann war auch Vater verschwunden.

Die Angriffe der Ungeheuer mehrten sich. Wir waren schon fast am Aufgeben, als der Funker eine Nachricht empfing. Es gab tatsächlich noch andere Menschen, die es wie wir geschafft hatten, ihr Funkgerät zu reparieren. Das Wunder war geschehen. Wir sollten gerettet werden. In der Nähe Berlins gab es einen unterirdischen Bunker, zu dem sie uns bringen wollten. Wir warteten voller Ungeduld zwei Wochen und dann kamen sie. In einem Konvoi von sieben gepanzerten Mannschaftstransportwagen mit beeindruckenden Flammenwerfern rollten sie auf unsere Kaserne zu. Zerquetschten dabei alle Insekten, die im Wege standen.

Wir jubelten, als sie das Tor passierten, und stürmten zu ihnen. Zwei in klobigen weißen Strahlenschutzanzügen steckende Personen stiegen aus dem vordersten Fahrzeug, blickten lange auf die Anzeige ihrer Geigerzähler und winkten dann nach hinten. Jetzt öffneten sich die Luken aller Transporter und wir durften nach der obligatorischen Untersuchung auf Radioaktivität einsteigen.

Kaum waren alle an Bord, schlossen sich die Luken der Kettenfahrzeuge wieder und wir fuhren, immer wieder durch Attacken riesiger Ungeheuer aufgehalten, gen Berlin.

„Claudia!"

Eriks Schrei riss mich aus meinen Gedanken. Er stand aufgeregt winkend neben der Bodenluke zu unserem Unterschlupf, und strahlte übers ganze Gesicht. „Claudia! Komm schnell! Ich hab ein Signal!" War das nach all den Jahren möglich? Ich konnte es kaum fassen. „Schnell! Sie können nur kurz senden!"

Ich stolperte mehrmals auf dem Weg vom Bunker zum Gebäude, das als Funkraum dienste. Riss sogar fast eines der Kinder um. Aus den Lautsprechern an den Wänden drang Knistern. Und dann hörte ich tatsächlich eine verzerrte Frauenstimme.

„Seid ihr noch da?"

„Hallo! Ja, wir sind noch da. Du kannst dir gar nicht vorstellen, wie ich mich freue, dich zu hören."

„Und wie ich mich freue! Ihr seid die Ersten, die ich erreichen konnte! Wie viele seid ihr? Wir sind zweihundert. Und im Nachbartal gibt es noch eine Gruppe mit fast hundert Leuten."

„Wir sind nur noch vierzig. Wie konntet ihr mit so vielen Leuten überleben?"

„Wir sind in den Alpen. Das Gebirge hält die meiste Strahlung ab. Und es gelang uns, die Täler gegen Monster abzuriegeln. Ich muss jetzt Schluss machen, melde mich aber am Abend wieder!"

Dann vernahm ich nur noch das Knistern.

„Können wir da auch hin? Ich meine, ins Gebirge!" Jess stand in der Tür und sah mich mit ihren großen blauen Augen an. „Die Frau sagte, dass es in den Bergen kaum Ungeheuer gibt!"

„Alle sollen in den Aufenthaltsraum kommen. Los! Lauf schon!"

Jess rannte los, um Bescheid zu sagen, und zehn Minuten später waren alle um mich versammelt.

„Jess hat euch ja informiert. In den Alpen gibt es wohl Gruppen Überlebender. Die Lage soll dort nicht so schlimm wie hier sein!"

Wieder stellte Jess die Frage, ob wir dahin könnten.

„Heute Abend werden wir wieder mit ihnen in Kontakt treten. Soll ich sie bitten, uns bei sich aufzunehmen?"

Ich sah jedem Einzelnen in die Augen und redete dann weiter. „Besser als hier wird es allemal sein. Die Ungeheuer rücken immer näher an uns ran. Und auch die Lavendelfelder scheinen sie nicht mehr abzuschrecken. Ich bin dafür!"

Zur Bekräftigung schlug Erik mit der Faust auf den Tisch und zustimmendes Gemurmel erfüllte den Raum.

„Euch ist klar, dass es eine gefährliche Reise wird? Wir sind den Ungeheuern fast ungeschützt ausgesetzt!"

Sogar die schüchterne Lisa wollte dazu was sagen. „Gefährlicher als hier kann es nicht werden. Ich bin dafür, dass wir fahren!"

Alle nickten und wir kamen zur Logistik. „Wie sieht es mit gepanzerten Fahrzeugen aus? Wie viele sind einsatzfähig?"

„Vier Truppentransporter und zwei Panzer. Das dürfte reichen!"

„Und Treibstoff?"

„Eher nicht. Aber wir können unterwegs was aus LKWs absaugen!"

„Wie weit ist es bis ins Gebirge?"

Techniker Martin meldete sich zu Wort: „Luftlinie siebenhundert Kilometer, Fahrstrecke tausend, wenn wir uns von den Strahlungsgebieten fernhalten ..." Martin seufzte und fuhr fort: „Im Höchstfall schaffen wir fünfzig Kilometer je Stunde. Wenn wir nicht auf Hindernisse treffen. Das heißt zwanzig Stunden reine Fahrtzeit. Aber wir dürfen die Maschinen nicht überbeanspruchen. Die haben schon einige Jährchen auf dem Buckel. Mehr als fünf Stunden am Tag sind nicht drin. Und wir müssen auch mal schlafen. Das sind dann vier oder fünf Tage ..."

„Wie sieht es mit den Vorräten aus?"

Dafür war Peter zuständig. „Wenn wir alle Äpfel ernten und die restlichen Vorräte mitnehmen, könnten wir fünf Tage auskommen. Die Wasserkanister müssen auch noch aufgefüllt werden. Und was ist mit Berta, Rudolf und den Kleinen?"

„Die werden wir nicht in die Wagen bekommen!" Ich sah Jess an. „Tut mir leid. Wir werden sie schlachten müssen. Sie dienen dann als zusätzlicher Proviant!"

Und zu Peter gewandt: „Gut. Warten wir jetzt ab, was die Gebirgler sagen!"

Die Zeit nach der Besprechung schien langsamer als sonst zu vergehen. Immer wieder sah ich auf die große Uhr an der Wand des Aufenthaltsraumes. Dann endlich rief Erik: „Sie ist wieder dran! Komm schnell!"

Ich war in Windeseile im Funkraum und ganz aufgeregt. „Hallo! Kannst du mich verstehen?"

„Ja, hier ist wieder Kerstin. Ich kann dich laut und deutlich verstehen. Entschuldige, dass ich heute Mittag abgebrochen habe. Wir müssen mit dem Strom sparsam umgehen. Jetzt geht es auch nur einige Augenblicke. Wenn die Sonne hinterm Horizont verschwindet, liefern unsere Kollektoren keinen Strom mehr."

„Entschuldige. Ich hab mich gar nicht vorgestellt. Ich bin Claudia. Du kennst ja schon unsere Gruppenstärke. Besteht die Möglichkeit, dass ihr uns aufnehmt?"

Ich spürte die hoffnungsvollen und angespannten Blicke der Freunde hinter mir.

„Ich werde den Rat fragen. Die werden bestimmt nichts dagegen haben. Ein paar kräftige Hände können wir immer gebrauchen. Ich melde mich bei Sonnenaufgang wieder. Bis Morgen also!"

„Bis Morgen!"

Ich drehte mich um und blickte in strahlende Gesichter. „Langsam, Leute. Noch ist nichts sicher. Sie können immer noch ablehnen. Und die Fahrt wird gefährlich. Ich denke nicht, dass alle es schaffen!"

Meine Freunde nickten, grinsten aber dabei. Offenbar wollten sie sich ihre gute Stimmung nicht verderben lassen. Und mit der Zeit steckten sie mich auch mit ihrem Frohsinn an. Einige überlegten, was sie außer dem Proviant mitnehmen sollten und was nicht. Die fünf Kinder packten ihre wenigen Habseligkeiten zusammen und ich studierte mit Erik alten Karten, um den besten Weg ins Gebirge zu finden. Dann wollte Britta plötzlich mit dem großen Schlachtermesser zum Stall, und ich musste doch noch einschreiten: „Warte damit bis morgen. Es kann immer noch sein, dass sie uns nicht haben wollen."

In dieser Nacht habe ich vor Aufregung und Anspannung kein Auge zugetan. Noch vor Sonnenaufgang war ich im Funkraum. Und ich war nicht die Einzige. Die gesamte Gruppe stand da und diskutierte aufgeregt. Erik hatte das Funkgerät schon eingeschaltet.

„Hallo, Claudia. Bist du da?" Die fröhliche Stimme Kerstins schallte aus den Lautsprechern.

„Hallo Kerstin. Ja, ich bin da. Hat euer Rat sich entschieden?"

Niemand in unserem Bunker sagte ein Wort. Ich vermutete, dass alle, genauso wie ich, den Atem anhielten.

„Moment. Der Rat steht hier neben mir. Der Vorsitzende will es euch selbst sagen."

Nun war eine sehr tiefe Stimme zu hören. „Guten Morgen, Claudia. Ich bin Torsten und spreche für den Rat. Wir sind ans Mikrofon gekommen, um euch mitzuteilen, dass heute eure Einreise …"

Der Rest des Satzes ging im Jubel der vierzig Menschen unter. Wir waren willkommen. Tränen rannen über mein Gesicht. Und ich war nicht die Einzige, die ihren Gefühlen freien Lauf ließ. Torsten gab uns noch Informationen, wo wir das Tal finden konnten. Ich markierte die Stelle auf der Karte mit einem dicken, roten Kreis.

Am nächsten Morgen wollten wir aufbrechen. Weit vor Sonnenaufgang war alles verladen. Martin ging von Fahrzeug zu Fahrzeug, tätschelte jedes einzelne. Murmelte dabei: „Spring bloß an". Und dann stiegen wir ein. Es war ziemlich eng, laut und schon nach kurzer Zeit sehr stickig. Aber in unserer euphorischen Stimmung machte es uns nichts aus. Wir fuhren die lange Rampe unseres unterirdischen Bunkers hinauf und hielten auf die Stacheldrahtumzäunung zu. Bald würde es auch hier vor Ungeheuern nur so wimmeln.

„Richtung Süden! Auf zu einem besseren Leben!", rief Erik, und schon durchbrachen wir den Stacheldrahtverhau, der uns all die Jahre geschützt hatte. Der Geigerzähler zeigte nur minimale Strahlung an, und wir fuhren die ersten Stunden unserer Reise ohne Zwischenfälle. Britta stand in der oberen Luke unseres Fahrzeugs. Über ihr war der riesige Drahtkorb zu erkennen, der sie vor Angriffen schützen sollte. Sie war im Augenblick für die Bedienung der Flammenwerfer zuständig. Aber es blieb zunächst alles ruhig.

Nach zweieinhalb Stunden legten wir die erste Rast ein, um die Motoren der Fahrzeuge nicht unnötig zu belasten. Ich löste Britta in ihrem Ausguck ab, um mir einen Überblick zu verschaffen. Die gepanzerten Fahrzeuge standen in einem engen Kreis und glichen einer Wagenburg aus einem der Western, die ich in meiner Kindheit so gerne gesehen hatte. Da keine Ungeheuer zu sehen waren, gab ich Anweisung, die Heckrampe runterzufahren.

Es war eine Wohltat, die frische Luft zu atmen. Peter verteilte Proviant. Fast hätte man denken können, dass wir ein fröhliches Picknick im Grünen veranstalten wollten, wären da nicht die Wachen auf den Fahrzeugen gewesen, die akribisch die Umgebung absuchten.

Nach einer Stunde brachen wir wieder auf. Heute wollten wir es noch bis zur Elbe schaffen und mit dem Fluss im Rücken ein halbwegs sicheres Lager aufschlagen. Spätestens in der Nacht würden wir auf die Ungeheuer treffen. Aber wir stießen früher auf sie. Britta schrie vor Ekel und

Angst laut auf und zeigte aufgeregt nach vorne. Ich zwängte mich mit in die Luke. Was ich sah, ließ mir das Blut in den Adern gefrieren. In etwa einem Kilometer Entfernung wogte eine schwarze Masse. Ich griff nach dem Fernglas. Kakerlaken. Ein Meer von Kakerlaken, das uns den Weg versperrte. Ich suchte den Horizont ab. Wir würden einen großen Umweg fahren müssen. Hoffentlich erreichten wir die Elbe noch rechtzeitig vor Einbruch der Nacht.

Ich gab Anweisung, nach Westen auszuweichen. So fuhren wir eine Stunde in großem Abstand an der Kakerlaken-Flut entlang. Endlich erreichten wir einen Fluss. Auf der anderen Seite schien es sicher zu sein. Unser Fahrzeug setzte als Erstes hinüber. Die Übrigen warteten, um Hilfe zu leisten, sollte es Probleme geben. Doch der gepanzerte Mannschaftstransportwagen konnte ohne Mühe das andere Ufer erreichen. Nun folgten die Übrigen. Es dauerte fast zwei Stunden voller Bangen, bis wir aufatmen konnten. Diese Hürde war überwunden. Die Fahrzeuge hatten sich, trotz ihres hohen Alters, als immer noch schwimmtauglich erwiesen. Aber das hier war im Vergleich zur Elbe ein schmaler Fluss. Und die Fluten des großen Stroms waren reißender.

Nun übernahm Thomas´ Fahrzeug die Führung. Wir bildeten die Nachhut. Laut Karte lagen noch zwei Stunden Fahrtzeit vor uns, bis wir den Platz unseres Nachtlagers erreichen würden. Das war eine Stunde länger, als wir den Motoren eigentlich zumuten wollten. Ich blickte auf, als Britta plötzlich aus Leibeskräften schrie. Was war geschehen? Ich drängte mich an ihr vorbei und blickte aus der Luke. Thomas´ Transportfahrzeug war verschwunden. Da, wo er eigentlich hätte sein müssen, klaffte ein gewaltiges Loch im Erdboden.

„Stopp! Zurück!", schrie ich. In der Hoffnung, dass meine Stimme das Gedröhne der Motoren übertönte. Doch das zweite Fahrzeug verschwand schon in der sich weiter ausbreitenden Grube. Erst der nächste Transporter kam rechtzeitig zum Stehen.

„Jens, kannst was erkennen?", rief ich dem Ausguck des vordersten Fahrzeugs zu.

„Nur eine tiefe Grube. Sie muss gewaltig sein."

Dann hörten wir die Schreie. Und Augenblicke später sahen wir sie. Zunächst waren die kräftig orangebraunen, etwa einen Meter langen Beine zu sehen, dem ein Vorderleib in gleicher Farbe folgte. Dann kam der riesige, graubraune Hinterleib in Sicht. Das war die gigantischste Spinne, die ich je zu Gesicht bekommen hatte. Und es blieb nicht bei einer. Aus Bodenlöchern in weiter Umgebung kamen Dutzende auf uns zu gekrochen. Erik versuchte, die Bestien mit dem Flammenwerfer auf Abstand zu halten. Aber sie stürmten weiter auf uns zu.

„Zurück! Verdammt, alles zurück!", rief ich mit Panik in der Stimme. „Was ist mit den Leuten in den Fahrzeugen?"

Britta sah mich verzweifelt an. „Denen können wir nicht helfen. Wir müssen weg, sonst sind wir auch verloren!"

Niedergeschlagen legte Erik den Rückwärtsgang ein. Die übrigen Fahrzeuge folgten uns. Ich übernahm nun den Ausguckposten. Wieder mussten wir einen weiten Umweg fahren. Dörfer und Städte, die sich auf unserem Weg befanden, mieden wir, weil sich dort erfahrungsgemäß die meisten Ungeheuer aufhielten. Die Sonne neigte sich schon dem Horizont zu, als wir endlich die Elbe erreichten. Mit den Transportern bildeten wir eine Art Wagenburg, indem wir aus ihnen einen Kreis formten. Die Frontpartie der Fahrzeuge nach außen, die Heckpartie nach innen gerichtet. So hofften wir, die Nacht unbeschadet zu überstehen. Zudem richteten wir nach dem Abendessen einen Wachdienst ein, von dem nur die Fahrer und Beobachter ausgenommen blieben. Zwei noch funktionierende Nachtsichtgeräte aus dem Bunkerdepot halfen bei der Kontrolle der Landseite, während die Oberfläche der Elbe wegen de sternenklaren Himmels auch ohne technische Hilfsmittel gut zu beobachten war.

Und dennoch fehlte am nächsten Morgen die kleine Jess. Wir suchten das umliegende Gelände verzweifelt nach ihr ab, konnten sie aber nicht finden. Nur die von früheren Monsterattacken bekannten Schleifspuren im Erdboden verrieten uns, welches Schicksal sie wahrscheinlich ereilt hatte. Deprimiert stiegen wir in die Fahrzeuge und fuhren los. Zum Glück versagten die gepanzerten Transporter beim Durchqueren des Stroms nicht ihren Dienst, und wir kamen wohlbehalten am anderen Ufer an. Von nun an ging es, wie vorher ausgemacht, die Saale entlang in Richtung Süden. Allerdings hielten wir nach dem nächtlichen Vorfall reichlichen Abstand zum Ufer.

Die Sonne stand schon hoch am Himmel, als wir eine Pause einlegen wollten, um die Motoren zu schonen und uns zu stärken. Wir fuhren also auf einen Hügel, um die Umgebung besser überschauen zu können, und kamen aus dem Staunen nicht heraus. Unter uns, in einem kleinen verträumten Tal, sahen wir eine Siedlung. Einige Menschen bearbeiteten Felder, andere kümmerten sich um Kühe, Schafe und Pferde oder arbeiteten an den Häusern. Sie verhielten sich nicht so, als ob gleich Ungeheuer über sie herfallen würden. Und ich hörte sogar fröhliches Kinderlachen. Verwirrt sahen wir uns an.

Britta war wie immer misstrauisch. „Da stimmt doch etwas nicht!"

Erik dagegen optimistisch. „Kann doch sein, dass es auf dieser Flussseite keine Ungeheuer gibt!"

Ich hatte wie Britta kein gutes Gefühl, wollte aber wissen, was da vor sich ging: „Hier soll es keine Monster geben? Ich weiß nicht! Aber lasst uns runterfahren, um es herauszubekommen. Und seid vorsichtig! Haltet eure Waffen griffbereit!"

Als wir uns der Siedlung näherten, kam uns eine Gruppe freundlich lächelnder Menschen entgegen. Einige Meter vor ihnen hielten wir an.

„Willkommen! Willkommen im neuen Eden!" Ein Mann mit sonnengegerbter Haut, schlohweißen Haaren und einem weiten, erdfarbenen Umhang streckte uns die Hände entgegen. „Ich bin Peter Vogt, der Bürgermeister. Wir freuen uns, euch zu sehen. Lange Jahre haben wir keinen Besuch mehr bekommen."

Ich betrachtete ihn lange. Er lächelte, aber das Lächeln schien seine Augen nicht zu erreichen. Sie waren kalt wie Eis.

„Kommt", rief er erneut. „Das müssen wir feiern!"

„Danke für die Einladung. Wir stellen erst mal unsere Fahrzeuge ab. Neben den Schuppen da vorn, wenn du nichts dagegen hast!" Ich zeigte auf einige Holzgebäude am Rande der Siedlung.

Es schien, als wäre ihm mein Ansinnen nicht ganz recht, aber letztlich stimmte er mir zu.

Später, als wir den Platz in der Mitte der Siedlung erreichten, umringten uns mehr als einhundert Siedler aller Altersstufen. Sogar Hochbetagte konnte ich erkennen. Wie hatten sie es nur geschafft, zu überleben? Alle redeten auf uns ein. Fragten uns, woher wir kommen würden. Warum wir mit diesen merkwürdigen Fahrzeugen unterwegs seien. Wohin wir wollten, und was wir alles erlebt hätten.

Auf dem Platz liefen derweil die Vorbereitungen für das Fest auf Hochtouren. Holz wurde aufgeschichtet und ein großes Feuer entzündet. Fleißige Helfer stellten Stühle und Tische auf, und die bogen sich bald unter der Last von Speisen und Getränken. Zum Essen spielte ein junger Mann Gitarre, und wir langten kräftig zu. Die Spannung in den Gesichtern meiner Gefährten war aber deutliches Indiz dafür, dass sie sich in Gefahr wähnten.

Später luden uns die Siedler ein, die Nacht im Dorf zu verbringen. Wir dankten für das Entgegenkommen, verwiesen aber auf die Notwendigkeit, die Transporter die Nacht über im Auge zu behalten. Und erreichten in zähen Verhandlungen, dass wir in den Schuppen schlafen durften. Wieder unter uns, teilten wir die Wachen ein, und ich zog mich zum Schlafen zurück.

Es war kurz vor Mitternacht, als mich Kurt weckte. Leise stand ich auf und folgte ihm nach draußen. Vorsichtig hob er den rechten Arm und gab mir die Richtung vor, in die ich schauen sollte. Einige Sekunden brauchte ich zur Gewöhnung an die Dunkelheit, doch dann sah ich den Bürgermeister auch auf dem Kamm des Hügels stehen. Für die späte Stunde kurios genug. Noch seltsamer fand ich aber seine Begleiterin. Eine Kuh, die er am Seil führte. Der Dorfschulze schien mit einem unsichtbaren Dritten zu sprechen und zeigte wiederholt auf die Schuppen, in denen unsere Leute schliefen.

Dann erblickte ich sie. Dutzende Ameisen, die den Bürgermeister körperlich weit überragten, ihn aber nicht angriffen, sondern in unsere Richtung zu marschieren begannen. Schnell weckte ich meine Gefährten und gebot ihnen, sich leise zu den Transportern zu begeben. Wir schlichen hinaus, stiegen durch die offen gelassenen hinteren Luken in die Fahrzeuge und fuhren wenig später los.

In letzter Sekunde, dachte ich mir, als die Dorfbewohner auf uns zustürmten. Bewaffnet mit Fackeln, Dreschflegeln und Stöcken, die einen Höllenlärm verursachten, als die Angreifer mit ihnen auf die Transporter einschlugen. Auch die Ameisen beschleunigten ihre Schritte, doch zum Glück nahmen die Fahrzeuge schnell Geschwindigkeit auf, und die Lichter der Siedlung blieben bald hinter uns.

„Was war das denn? Die machen gemeinsame Sache mit diesen Viechern?" Britta, die wieder ihren Ausguckposten eingenommen hatte, schüttelte sich angeekelt.

„Die fressen uns nicht alle, wenn wir ihnen hin und wieder Vieh oder Menschen übergeben."

Erschrocken drehte ich mich um. In einer Ecke, verdeckt von Rucksäcken, saß ein kleiner Junge von etwa sieben Jahren.

„Was machst du denn hier?", fuhr ich ihn an, hatte aber ein schlechtes Gewissen, als ich sah, wie er zusammenzuckte.

„Ist ja gut. Du brauchst keine Angst zu haben. Warum bist du in das Fahrzeug geklettert und hast dich versteckt?"

„Ich hab gehört, dass die Großen euch an die Ameisen verfüttern wollten, um eine Weile von eigenen Opfern verschont zu bleiben. Ich wäre der Nächste gewesen, den sie diesen Viechern übergeben. Früher oder später. Da habe ich es vorgezogen, mich hier zu verstecken. In der Hoffnung, dass euch die Flucht gelingt!"

Ich sah, dass dem Jungen Tränen über die Wangen liefen und nahm ihn in meine Arme. „Keine Angst, Kleiner. Wir nehmen dich ja mit. Wie heißt du denn?"

„Ich bin der Stefan!" Er zog seine Nase hoch. „Und ich bin schon sieben!"

Ich hatte mich mit dem Alter also nicht geirrt. „Hallo Stefan. Ich bin die Claudia. Du legst dich jetzt erst mal hin und schläfst. Danach unterhalten wir uns weiter!"

Ich bereitete ihm aus Rucksäcken und Decken ein Lager, und er schlief auf diesem fast augenblicklich ein. „Du hattest Recht, Britta", flüsterte ich, damit Stefan nicht aufwachte. „Aber mit so was hab ich nicht rechnen können. Wir werden uns jedenfalls von weiteren Siedlungen fernhalten!"

Wir fuhren die ganze Nacht hindurch, ohne auf die Motoren Rücksicht zu nehmen. Zu grauenvoll war der Gedanke, dass uns die Ameisen folgen würden. Als die Sonne aufging, befanden wir uns in einer übersichtlichen Ebene und stellten die Transporter in bewährter Art auf.

Die Fahrer legten sich schlafen und die Übrigen, bis auf die Wachen, dösten vor sich hin. Es wurde nicht geredet. Zu entsetzt waren alle von den nächtlichen Ereignissen. Die größten Sorgen bereitete mir die Intelligenz der Riesenameisen, die sogar in der Lage waren, mit einer anderen Spezies Bündnisse einzugehen.

Gegen Mittag brachen wir wieder auf. Stefan war wach und erzählte uns noch einmal vom Pakt mit den Monstern. Einmal in der Woche brachten die Siedler den Ameisen Tiere oder Menschen. Die

Ameisen schienen dem Bürgermeister Anweisungen zu geben, was ihnen geopfert werden sollte. Als Gegenleistung konnten die Menschen ein halbwegs normales Leben führen.

Wir waren trotz der Umwege schneller vorangekommen, als gedacht. Vor uns konnte ich schon den Main erkennen. Wir beschlossen, wegen der schlechten Erfahrungen bei unserem ersten Lagern, die Nacht etwas weiter vom Fluss entfernt zu verbringen. Die Fahrzeuge standen wieder im engen Rund. Zusätzlich waren die Zwischenräume mit Barrieren aus Erde abgesichert. So verlief diese Nacht ruhig, und niemand kam zu Schaden. Es sollte die letzte ruhige Nacht sein.

In den frühen Morgenstunden kam Bernd zu mir und erklärte, dass wir dringend Kraftstoff für unsere Fahrzeuge benötigten. Ich seufzte. Wir würden also doch menschliche Siedlungen aufsuchen müssen. Wir fuhren über weite, brachliegende Felder und konnten bald Stallungen und ein halb verfallenes Wirtschaftsgebäude erkennen. Vorsichtig hielten wir auf das Gehöft zu. Von Ungeheuern weit und breit keine Spur. Aber das hatte nicht viel zu bedeuten. Die Biester lebten im Untergrund und warteten nur auf ihre Chance.

Vorsichtig näherten wir uns den Gebäuden und erkannten nach und nach Einzelheiten. Neben den Stallungen standen zwei landwirtschaftliche

Nutzfahrzeuge, die ihre beste Zeit längst hinter sich hatten. Aber vielleicht war noch Kraftstoff in ihren Tanks. Erik kam mit unseren Transporter direkt neben einem Traktor zu stehen. Er sprang hinaus, untersuchte die Tanks, und als er damit fertig war, strahlte er übers ganze Gesicht. Die Tanks waren noch fast voll. Der Kraftstoff nicht verdunstet. Und auch in einem großen Dieselbehälter fand sich nach einiger Suche noch ein Rest des benötigten Kraftstoffs. Sämtlichen Treibstoff teilten wir unter den Fahrzeugen auf und durchsuchten zudem die Gebäude nach nützlichen Dingen, doch außer einigen Gaskartuschen fanden wir nichts. Dafür erschreckte uns, in welchem Ausmaß das Wirtschaftsgebäude verwüstet war. Wir waren uns einig, dass hier riesige Tiere gewütet hatten und es unserer Sicherheit diente, wenn wir nach einem Imbiss schnell wieder aufbrachen. Die Landschaft wurde von Minute zu Minute hügeliger. Und obwohl das Bergpanorama am südlichen Horizont nur mit Mühe zu erkennen war, verriet es uns, dass es bis zu den Alpen nicht mehr weit war.

Und wieder kamen wir an einen breiten Strom, bei dem es sich vermutlich um die Donau handelte. Trotz der erkennbaren Schwierigkeit, mit unseren Fahrzeugen überzusetzen, wollten wir unbedingt vor Einbruch der Nacht am anderen Ufer sein. Ich wies Erik an, den Strom als Erster des Konvois zu durchqueren.

Es wurde eine lange Überfahrt und die Strömung trieb uns weit ab, aber letztlich schafften wir es, wie nach uns der zweite Transporter, heil ans andere Ufer zu kommen. Blieben also die von uns mitgeführten Panzer. Beide fuhren nacheinander in den Strom hinein und hielten sich trotz starker Strömung zunächst gut. Auf halbem Wege blieben sie aber plötzlich stehen. Und obwohl ihre Motoren immer wieder aufheulten, kamen sie nicht mehr vom Fleck.

Aufgeregt rief ich ins Funkgerät: „Was ist passiert?"

„Ich weiß es nicht", kam als Antwort. „Es scheint, als ob wir festhängen!"

Ich nahm das Fernglas und suchte die Wasseroberfläche rund um die Panzer ab.

„Da!"

Britta stand neben mir und hatte auch ein Fernglas vor den Augen. Sie zeigte auf den ersten Panzer, und was ich sah, erschütterte mich zutiefst. Auf breiter Front schob sich eine ungeheure Schlammschicht aus dem Wasser und legte sich über den ersten Panzer. Hüllte ihn vollständig ein und zog ihn unter die Wasseroberfläche. Dasselbe Schicksal erlitt auch der zweite Panzer mit seiner Besatzung, und am Ende war nichts mehr von beiden Kettenfahrzeugen zu sehen.

Tieftraurig stand ich mit den anderen Augenzeugen der Katastrophe am Donauufer. Von ursprünglich vierzig Kameraden, ging es mir durch den Kopf, lebten jetzt nur noch neun. Und wenn ich den kleinen Stefan hinzuzählte, der nicht von meiner Seite wich, waren wir eine zehnköpfige Gruppe.

Lange waren wir außerstande, uns zu bewegen. Zu grausam war die uns erteilte Lektion. Erst nach Stunden löste sich die Schockstarre allmählich und wir schlichen gesenkten Hauptes zu den Transportern. Wir fuhren an diesem Tag noch dreißig Kilometer südwärts. In dieser Gegend hatte ich als Kind mit meinen Eltern einen Urlaub verbracht, aber das war lange her. Alles hatte sich seither verändert. Von den hübschen Häusern, die mehr und mehr verfielen, über die einst gepflegten und jetzt verwilderten Vorgärten bis zu den asphaltierten Straßen, die inzwischen einem Flickenteppich glichen.

Wir waren nahe am Ziel. Ich spürte es. Nur noch eine Nacht mussten wir überstehen. Wir suchten und fanden für unser Lager einen Standort, von dem aus wir Angreifer früh bemerkten. Ich übernahm die erste Nachtwache, blieb aber im Fahrzeug und stand im Ausguck. Über mir erstreckte sich der sternenklare Himmel, und ich war in der Stimmung, über unsere Zukunft zu sinnieren, kam aber nicht dazu. Erik hatte seinen geliebten

CD-Player eingeschaltet. Und trotz der Kopfhörer auf seinen Ohren verstand ich den Text nur zu gut:

„Zehn kleine Jägermeister rauchten einen Joint, den einen hat es umgehauen, da waren's nur noch neun. Neun kleine Jägermeister wollten gerne erben, damit es was zu erben gab, musste einer sterben. Acht kleine Jägermeister fuhren gerne schnell, sieben fuhren nach Düsseldorf, einer fuhr nach Köln ...“

Jetzt reichte es mir. Erik hörte sich tatsächlich den Song der Toten Hosen von den zehn kleinen Jägermeistern an! Wie konnte er in unserer Lage so geschmacklos sein?

„Mach das aus", fauchte ich, „wie kannst du dir das heute reinziehen?"

„Warum? Ich hör die Gruppe gern!"

„Dann denk mal nach! Wir sind nur noch zu zehnt. Das Lied ist ..."

Seufzend schaltete Erik den Player aus und legte sich schlafen. Und ich konzentrierte mich wieder auf die Nachtwache. Ein Blick auf den Geigerzähler zeigte mir, dass die radioaktive Strahlung hier höher als anderswo war. Nicht so stark, dass sie eine unmittelbare Gefahr für uns bedeutete. Aber die Mutationsrate dürfte hier viel größer als auf unserem bisherigen Weg liegen. Bei jedem noch so kleinen Geräusch zuckte ich zusammen.

War ich nur überreizt oder vernahm ich etwas, das Gefahr signalisierte?

Dann stand plötzlich Stefan neben mir und zog an meiner Jacke: „Hörst du das auch? Ein seltsames Geräusch!"

Meine Nerven waren bis zum Zerreißen gespannt. Ich lauschte in die Nacht hinaus und sah die Ameisen aus einem Wald mit verkrüppelten Kiefern auf uns zu stieben. „Alarm!", schrie ich. „Startet die Motoren!"

Erik pellte sich aus seinem Schlafsack und kroch in Windeseile zum Fahrersitz. Zum Glück sprang der Motor sofort an und unser Fahrer gab Vollgas. Ich stand immer noch im Ausguck und sah die Ameisen näher und näher kommen. Beim zweiten Transporter schien es Probleme mit dem Motor zu geben. So sehr sich die Besatzung auch mühte – das Fahrzeug kam einfach nicht vom Fleck. In ihrer Not betätigten die Kameraden die rechts und links an der Außenwand angebrachten Flammenwerfer, konnten aber die Aggressoren damit nicht aufhalten. Die ersten Ameisen opferten sich, indem sie die Feuerwaffen außer Gefecht setzten. Und die nächsten Monster hatten schon leichtes Spiel, als sie den Transporter samt Besatzung unter ihren Leibern begruben. Etliche Ameisen wollten sich mit der erlegten Beute nicht zufrieden geben und verfolgten uns, holten uns aber nicht ein, weil wir mit Höchstgeschwindigkeit vor ihnen flohen. Gegen jede Vernunft, aber wem half es, wenn das Fahrzeug heil blieb und seine Besatzung auf der Strecke?

Nach einer halben Stunde gaben die Riesenameisen endlich auf, und wir konnten das Tempo gefahrlos drosseln. Ich schaltete eine kleine Lampe an und studierte die Karte. Weit konnte es nicht mehr bis zum Taleingang sein. Und dann sahen wir hoch in den Felsen ein Licht. Wir waren ganz in der Nähe unserer neuen Heimat! Wenige hundert Meter weiter stand ein Mann am Wegesrand, der eine Fackel schwenkte. Erik stoppte den Transporter.

„Seid ihr die Brandenburger? Hattet ihr nicht mehr Fahrzeuge?"

„Das ist eine lange und schreckliche Geschichte", antwortete ich und fühlte mich seltsam beschwingt. Sorgen und Ängste, sogar die Trauer um die verlorenen Gefährten schienen angesichts des Vorboten unseres neuen Zuhauses wie eine Zentnerlast von mir abzufallen.

„Wie fahren wir jetzt weiter?", wollte ich wissen. Der Mann nickte als Zeichen des Verstehens, stieg zu und erklärte uns den Weg, wofür wir ihm herzlich dankten. Dann startete Erik den Transporter wieder, und dreißig Minuten später kamen wir schon zum engen Tor, das zusammen mit riesigen Betonwänden das Tal der Verheißung vor Eindringlingen sichern sollte. Rechts und links des Weges waren zudem Wachposten platziert, und den folgenden engen Korridor säumten scharfkantige Felsen.

Dann waren wir endgültig am Ziel. Vor uns erstreckte sich ein breites Tal. Trotz Dunkelheit erkannten wir schemenhaft Felder und Weiden mit Herden von Kühen, Schafen und Pferden. Gemächlich fuhren wir weiter und gelangten schließlich zur ersten Siedlung, in der uns Dutzende Menschen freudig begrüßten. Jetzt konnte ich meine Tränen nicht mehr zurückhalten.

Das ist jetzt mehrere Wochen her. Wir wurden freundlich aufgenommen und fühlen uns schon wie zu Hause. Stefan weicht immer noch nicht von meiner Seite.

So schlendere ich heute mit Karsten an den Getreidefeldern entlang, Stefan wie immer an meiner Hand. Karsten erzählt, dass er früher Ingenieur in einem Atomkraftwerk war. Natürlich wussten die Betreiber, dass es bei einem extrem langen Ausfall des Stromnetzes zu einer Katastrophe kommen würde. Ein so genannter Stresstest hatte ergeben, dass viele Kernkraftwerke nur über eine zeitlich stark begrenzte Notstromversorgung verfügten. Als durch den Koronaren Massenauswurf die Stromversorgung zusammenbrach, war es deshalb eine Frage der

Zeit, bis der Supergau eintrat. Und das letztlich bei allen Kraftwerken. Das wäre womöglich durch leistungsfähigere Notstromaggregate zu verhindern gewesen, doch hatten sich die Betreiber geweigert, das hierfür erforderliche viele Geld aufzubringen…

„Kennst du den Unterschied zwischen Dinosauriern und Menschen?"

Ich sah Karsten erstaunt an und schüttelte den Kopf.

„Saurier sind durch eine Naturkatastrophe ausgestorben. Wir Menschen hingegen werden durch eigene Dummheit und Profitgier von der Bildfläche verschwinden."

Poltergeist

Ein langgezogenes Piepen zeigte an, dass sein Herz nicht mehr schlug. Unversehens entschlüpfte er dem Körper. Schwebte empor und schaute aus ungewohnter Perspektive auf die teuren medizinischen Apparate, die jetzt abgeschaltet wurden wie zuvor seine Pumpe.

Aber warum hatte es der Chefarzt so eilig? „Eintritt des Todes um vier Uhr sechsunddreißig", waren seine Worte, die er so kühl aussprach wie ein Börsianer.

Jetzt war er wütend. Die konnten doch nicht einfach aufhören! Schließlich hatte er beträchtliche Summen in die Klinik gesteckt. Und nun das? Undankbares Pack!

Stör schwebte hinab und griff nach dem Kittel des Chefarztes, fasste aber zu seiner Verblüffung ins Leere. Seine Hände glitten durch den Mann, ohne dass er großen Widerstand spürte. Zornig versuchte er es noch einmal, konnte aber auch diesmal den Mediziner nicht ergreifen. Das war es also. Er war tot. Sogar mausetot! Und nun? Wie ging es jetzt mit ihm weiter?

Stör sah sich etwas genauer um und entdeckte schließlich in der linken oberen Zimmerecke ein Licht, das sich schnell ausbreitete. Demnach hatten die Leute Recht, die behaupteten, man werde nach dem Tod durch einen Tunnel auf helles Licht zugehen.

Dann hörte er wieder den verhassten Chefarzt. „Seine Familie wartet draußen. Ich werde sie informieren!" Die anderen nickten erleichtert.

Stör blickte, als der Mediziner hinausging, noch einmal auf das ihn magisch anziehende Licht, riss sich dann los und folgte dem Überbringer der Todesnachricht.

Im Chefarztbüro sah er seine Frau Petra, Tochter Susanne und Geschäftspartner Bruno Greed sitzen. Ausgerechnet Greed, dem er seine jetzige Lage zu verdanken hatte! Er merkte, wie Hass ihn durchströmte. Abgrundtiefer, aber nachvollziehbarer Hass.

Der Chefarzt trat ein und steuerte auf die drei zu. „Frau Stör, leider konnten wir für Ihren Mann nichts mehr tun. Mein aufrichtiges Beileid! Auch Ihnen, Fräulein Stör!" Er sah, dass sich Susannes Augen vor Schreck weiteten und erste Tränen der Trauer über ihre Wangen flossen. Seine Frau zeigte dagegen keinerlei Regung. Ein Schock, vermutete Stör.

„So wie es aussieht, ist ihr Mann am Pool ausgerutscht, mit dem Kopf an den Rand geschlagen und dann ohnmächtig ins Wasser gefallen", erklärte der Arzt Petra. „Es war ein tragischer Unfall."

Nein, versuchte Stör zu rufen. So war es nicht! Bruno hat mich gegen den Beckenrand geschleudert und dann ins Wasser geworfen! Doch kein Laut kam über seine Lippen.

Wieder sah er das Licht. Erst war es sehr klein, aber bald erfasste es die ganze Wand hinter dem Schreibtisch des leitenden Mediziners.

Nein. Er würde nicht hineingehen. Noch nicht! Erst musste er versuchen, seinen Tod zu rächen. Stör war fest entschlossen. Irgendwie würde es ihm gelingen, Bruno zu überführen.

Der Hass in ihm wurde noch größer, als er sah, dass der Geschäftspartner seinen Arm liebevoll um Petra legte und sie aus dem Zimmer führte. Susanne folgte ihnen mit einigem Abstand. Ihr Gesicht drückte Trauer aus, aber auch Wut. Und Stör bemerkte einen Anflug von Ekel im Gesicht der Tochter, als sie ihre Mutter und Bruno in trauter Umarmung vor sich gehen sah.

Die Drei fuhren los, und Stör folgte ihnen mühelos wie ein Vogel.

Zuhause angekommen, zog sich Susanne wortlos in ihr Zimmer zurück, während es sich Petra und Bruno im Wohnbereich gemütlich machten. Bruno bediente sich am teuren Brandy aus der Hausbar und ließ sich dann wie Petra auf dem Sofa nieder.

„Die Kleine ist oben. Glaubst du, sie hat was mitbekommen?" Bruno goss auch Petra einen Drink ein.

„Kann ich mir nicht vorstellen. Sie hätte in der Klinik nen Aufstand veranstaltet. Besonders, als der Arzt von einem Unfall sprach."

„Hat ja alles wunderbar funktioniert. Jetzt müssen wir nur noch auf den Erbschein warten und können die Firma verkaufen. Ich denke, ich kann die Japaner ne Weile hinhalten. Ist ja eigentlich nur noch Formsache."

Stör erstarrte. Bruno hatte ihn umgebracht, weil er die Firma verkaufen wollte? Und Petra mit ihm gemeinsame Sache gemacht? Unendliche Wut erfasste ihn. Und obwohl er wusste, dass er keinen materiellen Körper mehr besaß, ballte er die Faust und schlug nach der Kristallschale auf der Anrichte neben der Wohnzimmertür.

Und sie bewegte sich! Nur leicht, kaum wahrnehmbar, aber Stör sah es trotzdem.

Er beschloss spontan, einen weiteren Gegenstand zu bewegen. Diesmal einen weniger massiven. Die Wahl fiel auf einen Brief, der noch ungeöffnet auf dem Sekretär in der Nähe des Fensters lag.

Er bot all seine Kraft auf, und zu seiner Überraschung gelang es ihm, den Umschlag zu Boden zu befördern.

Natürlich blieb das nicht unbemerkt.

„Schließt du bitte das Fenster? Es zieht." Bruno kam Sabines Bitte nach und legte danach den Brief wieder auf den Sekretär.

„Du musst Dr. Nehma anrufen. Er soll sich um die Formalitäten kümmern. Keine Sorge. Er weiß Bescheid."

Der Notar hing auch mit drin? Stör musste an sich halten, um nicht versehentlich auf sich aufmerksam zu machen.

Petra griff zum Handy und wählte. Augenblicke später hatte sie den Notar in der Leitung.

„Petra Stör. Guten Tag, Herr. Dr. Nehma. Mein Mann ist vor einer Stunde gestorben." Leider konnte er nicht hören, was der Notar seiner Frau erzählte, doch schien es ihr zu gefallen, wie er ihrem Schlusssatz entnahm. Petra legte auf und wandte sich an Greed: „Dr. Nehma kümmert sich um alle Formalitäten und bereitet auch die Verkaufsunterlagen vor."

Stör sah ein gieriges Aufblitzen in Brunos Augen, das aber sofort verschwand, als Susanne hereintrat.

„Ich bin", sprach sie zu ihrer Mutter, „für einige Tage bei meiner Freundin Clara. Ihr habt bestimmt nichts dagegen, oder?"

Dann drehte sie sich auf dem Hacken um, knallte beim Hinausgehen die Tür hinter sich zu und verließ das Haus.

Bruno zuckte nur kurz mit den Schultern und schlang seine Arme liebevoll um Petra.

„Ich bin im Augenblick nicht in Stimmung", meinte die und löste sich von ihm. „Wir sollten jetzt besser am Pool nachsehen, ob es irgendwelche Spuren von uns gibt. Der Arzt sprach zwar von einem Unfall, aber man weiß nie, wie dumm es kommt."

Bruno seufzte, folgte ihr aber auf die Terrasse. Stör schwebte hinter beiden her und überlegte fieberhaft, wie er sich an ihnen rächen könnte.

Er sah, dass Bruno den Wasserhahn aufdrehte und mit dem Schlauch die Fliesen um den Pool zu reinigen begann. Petra nahm derweil einen Schrubber in die Hand und bearbeitete mit ihm wie eine Wahnsinnige die nassen Fliesen.

Störs Wut steigerte sich abermals, als das Mörderpaar sich der Stelle näherte, an der Bruno seinen Kopf gegen den Beckenrand geschlagen hatte.

Störs Wut verwandelte sich in pure Energie und Eiseskälte strömte aus ihm heraus. Als dichter Nebel kroch sie zum Mörderpaar und vereiste auf ihrem Weg das Wasser auf den Fliesen. Petra und Bruno standen mit dem Rücken zu ihm und bemerkten die drohende Gefahr nicht. Eifrig putzend rückten sie vor und erreichten schließlich die Liegen am Beckenrand.

„Was ist das?", schrie Bruno, als er die Gefahr endlich erkannte. Das merkt ihr gleich, schoss es Stör durch den Kopf, und er versetzte beiden einen Stoß, der sie auf den eisigen Fliesen zu Boden warf. Die Köpfe schlugen hart auf, und in seinem Zorn gelang es ihm, das Paar in den Pool zu befördern und unter Wasser zu drücken.

Augenblicke später bildete sich auch im Becken eine Eisschicht, die Bruno und Petra zum Verhängnis wurde. So sehr sie sich, aus ihrer Ohnmacht erwacht, auch abmühten. Ihnen gelang es nicht, die dicke Eisschicht zu durchbrechen. Bruno sah dem Todeskampf zufrieden vom Beckenrand aus zu, bis er das Licht wieder sah.

Zunächst war es nur klein, dann aber strahlte es überall um ihn herum Noch einmal blickte er auf Petra und Bruno, die sich nicht mehr rührten, und jetzt war es Zeit zu Gehen. Er lachte frohgemut und trat in das Licht.

Körperfresser

Schnee! Marlies hasste Schnee. Und heute war wieder so ein Tag, der zeigte, dass ihre Abneigung Gründe hatte.

„Liebling, ich hab den Weg zum Auto gefegt und dein Auto ausgegraben. Wünsch dir ´nen schönen Tag. Kann heute etwas später werden." Jens drückte ihr liebevoll einen Kuss auf die Stirn und verließ die Wohnung.

Marlies überflog die to-do-Liste, seufzte und verließ nun auch das Haus.

Wie Jens versprochen hatte, konnte sie problemlos bis zu ihrem feuerroten Golf rollen. Dann aber entfuhr ihr ein nicht sehr damenhaftes „Scheiße! Diese Idioten sollte man ..."

Der Winterdienst hatte ganze Arbeit geleistet, die Straße vom Schnee befreit und diesen an den Rand geschoben. Bei der geringen Höhe der Schneehügel war es eigentlich kein Problem, über sie hinweg zu steigen und sich ins Auto zu setzen. Dumm nur, dass der Rollstuhl von Marlies weder über eine Klettervorrichtung verfügte noch über ein Heißluftgebläse, um den Schnee zu tauen. Also war es erst mal nichts mit dem Autofahren.

Der Tag hatte gerade erst begonnen und Marlies wollte sich nicht gleich in der Frühe aufregen. Fahre ich halt mit dem Bus, dachte sie.

Die Haltestelle war nur zweihundert Meter entfernt, und sie musste nur um die nächste Ecke fahren. Mit Schwung rollte sie den Bürgersteig entlang und stoppte dann abrupt. Direkt hinter der Kurve türmte sich der Schnee. Der Nachbar hatte zwar den Weg von seinem Haus zum Auto, nicht aber den Gehweg geräumt. Manchmal könnte sie ihn … Hier kam sie nicht weiter. Also, zurück zum Haus und ein Behindertentaxi rufen.

„Da müssten sie aber bis heute Nachmittag warten. Der Wagen ist unterwegs.", meinte die Dame am Telefon.

Natürlich stand auch keine Droschke zur Verfügung. Warum sollte der Tag nicht so mies weitergehen, wie er angefangen hatte? Marlies verwünschte die Taxizentrale.

Der gefrusteten Frau blieb nichts anderes übrig, als ihren Mann anzurufen.

Jens war nicht sonderlich erbaut. Schließlich hatte er anderes zu tun, als heimzufahren und die Schneebarriere zu entfernen. Aber er war nach dreißig Minuten da.

Endlich konnte es losgehen. Es war schon fast Mittag, als Marlies die Innenstadt erreichte. Eine halbe Stunde lang suchte sie einen freien Behindertenparkplatz. Doch entweder türmten sich auf ihnen Schneeberge, oder sie waren mit falsch parkenden Autos belegt. Schließlich hatte sie doch Glück. Marlies fuhr langsam die Hauptstraße entlang, als sie einen Mann die Bank verlassen und zu seinem dicken Benz eilen sah. Und wie nicht anders zu erwarten, stand die Limousine auf einem deutlich markierten Behindertenparkplatz.

Marlies öffnete das Seitenfenster.

„Ihnen ist schon klar, dass sie hier nicht parken dürfen?", rief sie wütend.

„Ich war nur schnell Geld holen. Höchstens zwei Minuten stehe ich hier. Regen sie sich nicht auf", kam als Antwort. Er setzte sich ins Auto und fuhr mit quietschenden Reifen weg. Marlies konnte nur noch den Kopf schütteln. Sie parkte ein, legte den Parkausweis gut sichtbar aufs Armaturenbrett und begann mit ihren Einkäufen. Zumindest hatte sie es vor.

Sie saß jetzt neben dem Auto im Rollstuhl und suchte nach einer Absenkung, um auf den Bürgersteig zu kommen. Vergeblich. Vor der ersten, wenige Meter entfernten Absenkung hatte jemand Sperrmüll auf den Gehweg gestellt, und vor einer weiter entfernten parkte ein Transporter. Marlies blieb also nur die Option, trotz dichten Verkehrs mühsam die verschneite Fahrbahn entlang zu rollen, bis sie endlich eine Möglichkeit fand, auf den Fußweg zu kommen.

Nun also die ganze Strecke zurück zur Bank, wo sich inzwischen vor dem Geldautomaten eine Schlange gebildet hatte. Notgedrungen reihte sie sich ein, und bald standen weitere Leute hinter ihr an. Nach fünfzehn Minuten war sie endlich mit dem Geldabheben dran, rollte seitlich an den Automaten und führte ihre Kreditkarte zum für diese vorgesehen Schlitz, als der hinter ihr stehende Fettwanst sich so dicht an sie drängte, als wolle er auf ihrem Schoß Platz nehmen.

Marlies drehte sich um und fauchte: „Soll ich ihnen meine PIN-Zahl aufschreiben, oder sehen Sie gut genug, was ich eintippe?" „Was interessiert mich Ihre PIN-Zahl", kam als Antwort und dann ein gemurmeltes „Immer diese beleidigten Behinderten." Aber wenigstens trat er einige Schritte zurück.

Als Marlies die Bank verließ, fuhren zwei Einsatzfahrzeuge der Polizei und ein Rettungswagen mit hoher Geschwindigkeit und Blaulicht vorbei. Augenblicke später hielt einer der Funkwagen direkt neben ihrem Auto. Zwei Beamte stiegen aus und stürmten in das Haus, neben dem sie sich befand. Marlies sah entgeistert den geringen Abstand zwischen ihrem und dem Polizeifahrzeug. Das darf doch nicht wahr sein, schoss es durch ihren Kopf, wie komme ich jetzt in den Wagen?

Hinter ihr schrie plötzlich eine Frau und Marlies, immer noch wütend, drehte sich neugierig um. Was sie sah, ließ ihr einen eiskalten Schauer über den Rücken laufen. Der Fettwanst vom Geldautomaten wälzte sich auf dem Boden. Unter ihm bildete sich eine Blutlache, und irgendwas schien unter seiner Jacke und Hose zu krabbeln.

„Nehmt sie weg! Nehmt sie weg!", schrie er unentwegt, während er versuchte, die Jacke aufzureißen.

„Da! Nehmt sie weg!"

Marlies sah die kleinen pelzigen Ungeheuer, als sich der Mann in ihre Richtung drehte. Er versuchte, sich von ihnen zu befreien, doch lösten sie sich, wenn er nach ihnen griff, sofort auf und andere Monster traten dafür auf den Plan. Sie schlugen dem Mann ihre scharfen Zähne ins Fleisch und Marlies fand, dass zur Mahlzeit nur noch das Lätzchen um den Hals der Ungeheuer fehlte …

„Da ist doch gar nichts!", rief eine Frau, die dem Mann helfen wollte. „Was ist hier los? Der Kerl löst sich ja auf!" Mit schreckweiten Augen lief sie von dannen.

Marlies wunderte sich. Warum sah sie die Biester, aber sonst offenbar niemand? Sie konnte den Monstern sogar beim Fressen des Fettwanstes zuschauen, während die anderen Menschen mit dem Anblick immer weniger werdenden Fleisches vorlieb nehmen mussten.

Und das Schrecken nahm kein Ende. Aus dem Haus, in dem die Polizisten verschwunden waren, stürzte voller Panik eine mur mit Jogginganzug und Hausschuhen bekleidete Frau.

„Hilfe! Da oben liegen zwei Skelette!", rief sie und brach ohnmächtig zusammen.

Marlies wurde es mulmig. Zwei weitere Streifen- und ein Mannschaftswagen hielten am Straßenrand, und die herausspringenden Polizisten sperrten das Gelände weiträumig ab. Niemand durfte rein, niemand raus.

Dann klingelte das Handy.

„Liebling, wo bist du?", schrie Jens durchs Telefon.

„In der Innenstadt. Du kannst dir gar nicht vorstellen, was hier grade passiert ist." Marlies wollte ihm von den Vorfällen berichten, doch er unterbrach sie. „Unsere Nachbarin Birgit hat mich im Büro angerufen. Sie wollte wegen irgendwelcher Formulare zur Werkstatt ihres Mannes, doch als sie dort ankam, sah sie schon Polizisten herumlaufen, und von ihrem Mann waren nur noch die Knochen übrig.

Und es gibt mehr solcher Fälle. Kurz vor der Stadtgrenze ist ein Benz ins Schleudern gekommen und in eine Hauswand gekracht. Vom Fahrer konnten wie vom Nachbarn in der Werkstatt nur noch die Knochen geborgen werden. Weitere Opfer sind wohl ein Mitarbeiter des Schneeräumdienstes, ein Heizungstechniker und eine Beschäftigte der Taxizentrale! Was ist denn da los?"

Marlies hatte ihrem Mann aufmerksam zugehört, doch jetzt lenkte sie einer der Polizeibeamten ab: „Zwei Kollegen hat's erwischt. Nur noch Skelette. Und der Bewohner, zu dem sie wollten, sieht genauso aus. Der war mitten im Umzug, hatte gerade die letzten Kisten gepackt und Sachen für den Sperrmüll rausgestellt. Da vorne liegt das Zeug."

Marlies stutzte. Alle, über die sie sich geärgert hatte, waren Opfer der Minimonster geworden. Vom Fahrer des Winterdienstes über den Nachbarn, die Dame von der Taxizentrale, den Benz-Fahrer, den Mann mit dem Sperrmüll an der ersten Gehwegabsenkung, den mit seinem Lieferwagen die zweite Absenkung blockierenden Heizungstechniker, den Fettwanst von der Bank bis zu den beiden Polizeibeamten, die ihren Wagen zugeparkt hatten.

Marlies sah sich nochmals um und erblickte wieder viele kleine Pelztiere, die ihr jetzt aber friedlich vorkamen. Warum nur blieben sie für die anderen unsichtbar? Plötzlich sprach sie eins der Tierchen an: „Wir haben alle erwischt! Das machen die nicht noch einmal!"

Dann verschwanden sie, und zurück blieben Knochen, verängstigte Menschen und eine verunsicherte Marlies, die künftig mit ihren Verwünschungen vorsichtiger umgehen wollte …

Götter des Olymp

„In Größe 42?"

Es ist eine Schande. Ich, Hermes, Sohn des Zeus, sitze hier am Telefon eines Callcenters und notiere Bestellungen.

„Kann ich sonst noch etwas für Sie tun?"

Athene ist am Arbeitsplatz neben mir und hat wieder diesen leidenden Gesichtsausdruck.

Dabei haben wir es noch gut getroffen, nachdem der Olymp geschlossen wurde.

Hera arbeitet in einer Kinderkrippe und darf Babybrei aufwischen und Windeln wechseln.

Poseidon ist Bademeister im Spaßbad an der Stadtgrenze.

„Danke für Ihren Einkauf und noch einen schönen Tag."

Am schlimmsten ist Kerberos dran. Wachhund bei einem Gebrauchtwarenhändler. Drei Köpfe zum Preis eines Hundes.

Der Gebrauchtwagenhandel liegt direkt neben dem Beerdigungsinstitut, in das Hades als Juniorpartner einsteigen konnte.

Ich kann mich noch genau erinnern, als Hera die Götter und Halbgötter zu einer Generalversammlung gerufen hatte.

Pleite seien wir. Die Menschen würden nicht mehr an uns glauben und somit auch nichts mehr opfern.

Wir hätten eine Woche, uns Jobs und Unterkünfte in der Welt der Sterblichen zu suchen. Der Olymp sei an ein aufstrebendes Chinesisches Unternehmen verkauft worden.

Der Tumult, der nach dieser Ankündigung ausbrach, war gigantisch.

Man könne so was doch nicht mit uns machen – wir wären schließlich Götter.

Aber es half nichts. Wir mussten unsere Heimstatt verlassen.

Hera gab uns noch mit auf den Weg, dass wir Griechenland besser ganz verlassen sollten, da das Land selbst am Rande der Pleite stehe und wir besser in einem solventeren Land aufgehoben wären.

Das war vor drei Monaten.

Eine kleine Einzimmerwohnung und den Job im Callcenter hatte ich relativ schnell gefunden. Die Dame im Personalbüro war sichtlich amüsiert, als ich meinen Namen als Hermes vom Olymp angab. „Niedlich" fand sie das.

Noch 10 Minuten und meine Schicht ist vorbei. Wieder ein Arbeitstag hinter mich gebracht.

Wochenende.

Heute Abend sind wir zu Dionysos eingeladen.

Abhängen, Wein trinken und über die vergangenen Zeiten reden.

Wie immer wird Hephaistos Aphrodite bezichtigen, ihn zu betrügen. Ares wird wieder einmal laut von der Eroberung der Welt träumen und Artemis darüber schimpfen, dass alle Männer gleich sind und die Welt ohne sie besser wäre. Sie hatte sich schnell einer dieser militanten Frauengruppen angeschlossen. Apollon wird wieder eines seiner Gedichte vortragen und Demeter von ihrer Arbeit auf der Entbindungsstation der Städtischen Klinik schwärmen.

Eigentlich sind die Wochenenden gar nicht so anders, als die vergangenen Zeiten im Olymp.

Feierabend.

Jetzt muss ich noch schnell in den Supermarkt ein paar Knochen für Kerberos und Knabberkram für uns übrige kaufen. Dann holen wir Poseidon ab und die Feier bei Dionysos kann beginnen.

Ich kann nur hoffen, dass der Garten der Hesperiden nicht auch verkauft werden muss. Wir brauchen die Äpfel daraus für unsere ewige Jugend. Gar nicht auszudenken was geschieht, wenn Aphrodite die ersten Falten in Spiegel entdecken sollte.

Doch genug nachgedacht. Schnell eingekauft und dann ab zum Spaßbad. Poseidon wartet bestimmt schon ungeduldig auf uns. Er wird immer so schnell wütend, wenn er seinen Willen nicht bekommt und übertreibt es dann mit den Wellen in den Schwimmbecken. Ich möchte nicht für den nächsten Tsunami vor dem Kinderplansch-becken verantwortlich sein.

Felix, der kleine Held

Felix sehnte sich nach seinem Zuhause. Seit vier Tagen schon saß er vor der Gittertür, verweigerte das Essen, lediglich etwas Wasser hatte er zu sich genommen.

Er wollte heim. Endlich heim.

Auf der anderen Seite des weitläufigen Geländes jaulte verloren ein Hund. Felix hatte noch nie etwas für Hunde übrig gehabt. Aber mittlerweile hatte er Mitleid mit dem Tier.

Es war genauso ein Gefangener, wie er selbst.

Eine langhaarige, weiße Katzendame schlich auf leisen Sohlen auf ihn zu. Felix beachtete sie nicht. Er wollte keine Freundschaft. Er wollte zu seiner Familie. Außerdem hatte er schon einen Freund. Tobias.

Tobias brauchte ihn. Felix wusste, dass Tobias in großer Gefahr schwebte.

Aus dem Nebenzimmer, in dem der dicke Kerl mit der Brille saß, der offenbar auf alle Gefangenen aufpassen sollte, drangen leise Stimmen zu ihm. Radio. Der Mann hörte Radio.

Felix spitzte die Ohren, als der Name von Tobias Eltern genannt wurde.

Der Nachrichtensprecher berichtete, dass die Polizei noch immer keinen Hinweis auf den Entführer hatte. Eine Lösegeldforderung sei, obwohl der Junge schon vier Tage vermisst würde, noch nicht eingegangen und man rechnete mit dem Schlimmsten.

Dann war da diese vertraute Stimme. Tobias Mutter flehte den Entführer an, ihrem einzigen Sohn kein Leid zuzufügen. Ihre Stimme stockte immer wieder.

Felix glaubte, sein Herz würde zugeschnürt.

Er mochte diese Frau. Nicht so sehr wie Tobias, denn der erlaubte ihm, in seinem Bett zu schlafen und spendierte ihm immer Leckerbissen von seinem Abendbrotteller, aber die Zweibeinerin war immer freundlich zu ihm. Sie reinigte das Katzenklo, sorgte stets für sauberes Wasser in seinem Napf und wies Tobias zurecht, wenn der wieder einmal vergessen hatte, den Futternapf zu füllen.

Er musste aus seinem Gefängnis heraus. Unbedingt.

Felix wusste, dass er seinem Zweibeinern helfen konnte. Seine Nase war um so viel feiner als die der felllosen Lebewesen. Er würde seinen Tobias schon finden.

Felix erstarrte.

Schritte näherten sich seiner Zelle.

Der dicke Wächter machte sich bereit, die Futterschalen zu füllen.

Langsam drehte sich Felix herum und schlich zur hinteren Tür, durch die der dicke Zweibeiner in den Letzen Tagen immer zu ihnen herein gekommen war.

Die Tür öffnete sich.

Der dicke Zweibeiner kam mit mehreren Schachteln Trockenfutter in den gekachelten Raum. Felix hob seine linke Pfote. Ganz vorsichtig, um den Wächter nicht auf sich aufmerksam zu machen, setzte er eine Pfote vor die andere und umrundete die Tür gerade in dem Augenblick, als der Mann die Tür hinter seinem Rücken schließen wollte.

Die erste Hürde war geschafft.

Nun musste er sich verstecken. Sobald der dicke Mann das Haus verlassen würde, wollte Felix mit ihm aus dem Gefängnisbau verschwinden.

Vor sich sah er eine Sitzreihe. Felix schnupperte daran.

Hier saßen offensichtlich immer Zweibeiner, die eines der Tiere aus den Gefängniszellen mit nach Hause nehmen wollten.

Hinter der Sitzreihe war genug Platz um sich zu verstecken. Felix setzte sich hinter eines der Sesselbeine.

Er zuckte zusammen. Ein leises Schnurren hatte ihn aus seiner Konzentration gerissen. Er blickte sich um.

Das durfte doch wohl nicht wahr sein. Diese weiße Schönheit war mit ihm aus der Zelle entwischt und setze sich neben ihn.

Felix bleckte kurz die Zähne, um sie darauf aufmerksam zu machen, dass sie nicht erwünscht war.

Das Mädel ignorierte seine feindselige Haltung und putze sich seelenruhig das rechte Bein.

„Was willst du hier?", fragte er schließlich.

„Ich will hier raus", antwortete sie „du glaubst doch nicht, dass ich mir die Gelegenheit entgehen lasse zu verschwinden."

„Mach, was du willst", entgegnete er resigniert und beobachtete die Tür zu seiner ehemaligen Zelle.

Der dicke Zweibeiner hatte ihre Flucht offensichtlich nicht bemerkt, denn er kam, lustig pfeifend, zurück und setzte sich an seinen Schreibtisch.

Felix beobachtete, wie er einen Leinenbeutel aus dem Schreibtisch nahm und eine blaue Thermoskanne sowie eine rote Butterbrotdose hineinstellte.

Bald war es soweit. Der dicke Mann bereitete sich auf seinen Feierabend vor.

Immer wieder sah er zur großen Uhr über der Tür.

Bald war es zehn und er konnte heimgehen.

Heimgehen… Felix schluckte. Er würde auch heimgehen. Er würde Tobias finden.

Der dicke Mann erhob sich endlich, zog eine schwarze Lederjacke an, nahm den Leinenbeutel und ging zur Tür.

Felix wartete, bis er den Schlüssel im Schloss drehte, die Tür öffnete und das Licht im Zimmer löschte.

Da spurtete er los, streifte kurz die stämmigen Beine des Mannes und schon atmete er die Luft der Freiheit.

Felix hielt nicht an.

Mit großen Sätzen spurtete er zum großen Baum neben dem hohen Gitter, der das Gelände ein-zäunte.

Mit zwei Sprüngen hatte er die ersten dicken Äste des Baumes erreicht, berechnete die Ent-fernung zum Boden auf der anderen Seite des Zaunes und sprang todesmutig.

Trotz des tiefen Falles, kam er sanft auf seinen vier Pfoten auf. Lediglich das merkwürdige Echo seines Aufsprungs irritierte ihn.

Schnell lief er weiter. Er wollte möglichst viel Entfernung zwischen sich und dem Gefängnis bringen. Er lief und lief und lief.

Erst, als er eine große Baumgruppe erreicht hat-te, blieb er stehen, um sich zu orientieren.

Sein Zuhause lag schräg links vor ihm. Er würde nur wenige Kilometer laufen müssen.

Vor ihm lag die Baumgruppe, dahinter war eine große Straße, auf der um diese Uhrzeit aber kaum Autos fuhren, hinter ihm lag das Gefängnis und rechts neben ihm…. saß die weiße Katze und beobachtete ihn neugierig.

„Was willst du?", fragte er genervt. „Du bist entkommen, also verschwinde endlich."

„Ich weiß aber nicht, wohin ich gehen soll", antwortete sie traurig. „Meine Zweibeinerin ist gestorben und da hat man mich hierher gebracht. Ich habe kein Zuhause mehr."

Felix sah, dass Tränen in ihren Augen standen. Er seufzte.

„Ich kann dich aber nicht mitnehmen. Ich muss meinen Zweibeiner retten. Das wird gefährlich. Zu gefährlich für dich."

Die weiße Katze blickte traurig zu Boden.

„Ich versteh schon. Du kannst mich auch nicht gebrauchen. Niemand braucht mich." Ihre Stimme wurde immer leiser und trauriger.

Felix wehrte sich, aber langsam bröckelte sein Widerstand.

„Gut. Du kannst mich begleiten. Aber du tust genau dass, was ich dir sage. Und ich werde dir nicht helfen, wenn du in Schwierigkeiten kommst."

Die Augen der weißen Katze blitzten glücklich auf.

„Danke. Ich heiße übrigens Bella."

Felix sah sie sich genauer an. Schnuckelig sah sie ja aus. Doch genug. Tobias war in Gefahr. Tobias brauchte seine Hilfe.

Er sprintete los und durchquerte die Baumgruppe. Ein weißer Wollknäuel rannte an seiner Seite. Hinter zwei Autos rasten sie über die Straße. Weiter und weiter liefen sie. Felix hätte sich normalerweise an der schnellen Hatz erfreut, wenn sein Herz nicht voll Sorge um seinen Freund Tobias gewesen wäre.

Sie rannten Stunde um Stunde.

Der volle Mond erhellte den Himmel.

Bald kamen Felix die Gerüche der Umgebung bekannt vor. Er näherte sich seinem Zuhause.

Ein letzter Sprung über die breite Buchsbaumhecke und das Haus, in dem er geboren war, lag vor ihnen.

Trotz der späten Nachtstunde, waren die Fenster im Erdgeschoss hell erleuchtet. Felix rannte in Richtung der geöffneten Terrassentür und wollte schon laut maunzend ins Zimmer stürmen, als ihn eine innere Stimme davon abhielt. Stattdessen blieb er im Schatten des großen Pflanzkübels, der direkt neben der Tür schon seit Jahren seinen Platz hatte, stehen und lauschte. Bella hatte sich neben ihn gesellt und blickte ihn fragend an.

Sein Fell sträubte sich, als er den Zweibeiner sah, der das Zimmer hinter der Terrassentür betrat und seiner Zweibeinerin eine Tasse mit einer dampfenden Flüssigkeit reichte.

Er kannte diesen Mann. Sein Grundstück grenzte direkt an das seiner Zweibeiner. Felix verstand nicht, warum seine Menschen den verschlagenen Blick des Mannes nicht erkennen konnten.

Er selbst hatte von Anfang an gewusst, dass man dem Kerl nicht trauen konnte.

„Trink das, meine Liebe. Der Tee wird Dir gut tun." Der Mann hatte ein Lächeln aufgesetzt.

„Die Polizei wird Tobias schon finden. Ich werde jetzt gehen. Wenn Ihr etwas hören solltet, könnt ihr mich jederzeit anrufen." Tröstend legte er eine Hand auf die Schulter der Zweibeinerin.

„Danke für Deine Hilfe", kam aus der anderen Ecke des Zimmers, die Felix nicht einsehen konnte. Offensichtlich stand Tobias Vater neben dem großen Esstisch auf der rechten Seite des Raumes. „Ich bringe Dich zur Tür."

Nun kam auch Tobias Vater in Felix Blickfeld. Sein Gesicht war genau so blass, wie das seiner Frau. Gemeinsam mit dem unheimlichen Kerl verließ er das Zimmer.

Felix überlegte.

Er hatte dem fremden Kerl noch nie getraut. Sollte…. Nun, das ließ sich herausfinden.

Felix lief durch den Garten in Richtung der Haustür. Bella folgte ihm.

Sie kamen gerade rechtzeitig, um zu sehen, wie die beiden Männer sich verabschiedeten.

„Und jetzt?", fragte Bella.

„Wir folgen dem Mann. Mit dem stimmt etwas nicht. Ich hab das im Gefühl", antwortete Felix leise.

Der Mann ging langsam zu seinem eigenen Haus und bemerkte seine Verfolger nicht, die sich vorsichtshalber im Schatten der alten Eichenbäume hielten, die die Straße säumten.

Als Felix am Haus des Mannes angekommen war, stutze er. Der Nachrichtensprecher hatte gesagt, dass die Entführung vor vier Tagen stattgefunden hat.

Aber der Geruch, der ihm in die Nase stieg, war frisch. Tobias Geruch.

Felix umrundete zusammen mit seiner Begleiterin das Haus des Mannes.

Auf der Rückseite befanden sich die Kellerfenster. Hier war der Geruch besonders stark.

Felix war sich sicher. Tobias befand sich in diesem Haus und der unheimliche Zweibeiner war der Entführer.

Was sollte er aber jetzt tun? Felix überlegte.

Er selbst konnte nicht ins Haus. Alle Fenster und Türen, auch in der oberen Etage, waren fest verschlossen. Felix brauchte Hilfe.

„Wir müssen zurück und die beiden Zweibeiner holen. Sie sind nicht besonders helle. Es sind ja nur Menschen. Aber irgendwie müssen wir sie dazu bringen, uns hierher zu folgen", raunte er Bella zu.

Gemeinsam liefen sie zurück.

Die Terrassentür stand immer noch weit offen und die Zweibeinerin saß immer noch schluchzend im Sessel. Felix sprang auf ihren Schoß und leckte ihr Gesicht. Sie schrie erschrocken auf.

Felix sprang herunter und lief zur Tür, dann wieder zu ihr zurück. Das wiederholte er mehrere Male.

„Felix, da bist Du ja wieder", rief sie erfreut. „Wo warst Du denn so lange?"

Felix lief wieder zu ihr, so dass sie ihn kurz streicheln konnte und rannte dann wieder zur offenen Terrassentür. Dabei maunzte er aufgeregt.

„Der Kater will uns offenbar etwas zeigen."

Gott sei Dank, hatte der Mann es verstanden, dachte Felix. Hoffentlich folgt er mir.

Er rannte eine kurze Strecke in den Garten und blickte sich um. Die beiden Zweibeiner folgten ihm.

Am Haus des unheimlichen Mannes angekommen, sahen sich die beiden irritiert an.

„Warum hat Felix uns hierher geführt?", fragte die Zweibeinerin.

„Ich habe keine Ahnung. Horst wird aber noch nicht im Bett sein. Ich werde mal bei ihm Klingeln. Irgendwie hab ich ein merkwürdiges Gefühl", antwortete ihr Mann.

Das laute Schrillen der Türklingel durchbrach die Stille der Nacht. Nach wenigen Augenblicken wurde die Tür geöffnet und der unheimliche Mann stand ihnen gegenüber.

„Elke, Jörg. Ist etwas passiert?" Er sah sie fragend an. Dann fiel sein Blick auf Felix und seine Augen wurden schmal. „Das… das ist nicht möglich. Der Kater ist im Fluss…."

Felix fauchte den Mann an, als die Erinnerung zurückkam.

Der Kerl hatte Tobias betäubt und als Felix seinen kleinen Freund verteidigen wollte, hatte er ihn gepackt, in ein Kopfkissen gesteckt und in den nahen Fluss geworfen. Er erinnerte sich, dass der Stoffbeutel mit ihm in seinem Innern schnell untergegangen war. Er hatte geschrien. Er hatte getobt. Er hatte um sich getreten und gekratzt. Irgendwann, als er schon dachte, dass er seine sieben Leben verbraucht hätte und nun die letzte Reise antreten würde, gab der Stoff nach und er konnte sich aus dem Stoffbündel befreien. Mit letzter Kraft erreichte er das Ufer, an dem er vollkommen erschöpft zusammenbrach. Als er erwachte, lag er in der Gefängniszelle, zusammen mit anderen herrenlosen Katzen.

Wut stieg in ihm auf. Sein Schwanzfell und seine Rückenhaare sichteten sich auf. Ein Fauchen bahnte sich seinen Weg aus den Tiefen seiner Kehle.

Dann sprang er dem bösen Kerl ins Gesicht und krallte sich in ihm fest. Rache. Das war, was seine Gedanken beherrschte. Seine scharfen Krallen bohrten sich in die weiche Gesichtshaut des Übeltäters.

„Felix! Nicht!" Die Zweibeinerin versuchte ihn zurück zu halten. "Felix!", schrie sie und zerrte an dem Kater. Mittlerweile hatte sich auch Bella in den Oberschenkel des Mannes verkrallt und hieb ihre scharfen, langen Zähne in die Hand, mit der er versuchte, sie herunter zu reißen.

„Mutti!"

Plötzlich war es still. Felix hatte von dem Mann abgelassen und lauschte in die Dunkelheit des Hauses. Auch Bella hatte sich von ihrem Opfer gelöst und saß mit gespitzten Ohren neben Felix. Niemand rührte sich.

„Mutti!"

Der Mann, von dessen Gesicht Blut in dicken Tropfen auf den hellen Teppich zu seinen Füßen fiel, versuchte in aller Eile die Haustür zu schließen. Doch er hatte seine Rechnung ohne die beiden Zweibeiner und ihre vierbeinige Unterstützung gemacht.

Er wurde zurück gedrängt und stolperte rückwärts den dunklen Flur entlang.

„Mutti? Mutti, ich hab Angst."

Felix stürmte, zusammen mit seiner weißen Partnerin, auf die Kellertür zu. Tobias musste sich dahinter befinden. Sie hörten es genau. Sie rochen ihn.

Die Zweibeinerin schloss schluchzend die Tür auf und öffnete sie.

Tobias stolperte heraus und fiel seiner Mutter in die Arme.

„Tobi!" Sein Vater stürmte auf ihn zu und umarmte ihn glücklich.

Der böse Zweibeiner versuchte die Unaufmerksamkeit der anderen Menschen zur Flucht zu nutzen. Doch Felix und Bella hatten sich nicht ablenken lassen. Voller Wut stürzten sie sich erneut auf den Verbrecher und ließen erst von ihm ab, als Polizeibeamte, die von Tobias Eltern gerufen worden waren, dem Mann Handschellen anlegten.

Bella und Felix waren die Helden des Tages. Die Familie beschloss, auch die kleine Bella zu behalten.

Später teilte man der Familie mit, dass Tobias seinen Nachbarn dabei beobachtete, wie er gestohlenes Diebesgut in seinem Garten vergraben hatte. Daraufhin entführte er den Jungen.

Er konnte nicht sagen, was er weiter mit ihm vorhatte. Er gab an, sich darüber noch keine Gedanken gemacht zu haben.

Die Diebesbeute wurde geborgen und an die Eigentümer zurückgegeben.

Das geheimnisvolle Artefakt

„Bald ist es soweit. Lange genug haben wir warten müssen."

Seine Brüder nickten.

„Als man uns die Zeitspanne nannte, in der das Artefakt auftauchen würde, haben wir nicht geglaubt, dass wir den vollen Zeitraum benötigen würden. Noch eine Woche. Noch eine Woche und wir haben es spätestens in unseren Händen. Lasst uns nun beginnen. Vielleicht haben wir Glück und es befindet sich bereits in unserem Besitz."

Die in schwarze, lange Umhänge gekleideten Männer schritten in langer Reihe durch den dunklen Gang, der vor Jahrhunderten in den Fels gehauen worden war.

Die Kapuzen verdeckten ihre Gesichter, so dass sie selbst im Schein der Fackeln, die jeder von ihnen trug, nicht wahrgenommen werden konnten.

Tiefer und tiefer ging es in den Berg.

Unzählige Male waren sie diesen Weg gegangen. Unzählige Brüder vor ihnen hatten den Weg genommen. Sie würden die Letzten sein.

Der Prior erreichte das Ende des Tunnels.

Selbst wenn es einem Unbefugten gelingen sollte, bis hierher vorzudringen, würde er vor einer massiven Steinwand am Weitergehen gehindert.

Nur die Mitglieder der Bruderschaft besaßen die Macht den Stein zu durchdringen.

Einer nach dem anderen verschwand und der Tunnel versank wieder in absoluter Finsternis.

Hinter der nun durchdrungenen Wand öffnete sich eine weite, hohe Höhle der Bruderschaft.

„Beginnen wir. Es liegen anstrengende Tage vor uns." Der Prior trat als erster vor den Stapel, der vor ihnen lag, griff in die Tasche seines Umhangs und streifte den breiten, goldenen Ring über den Mittelfinger seiner rechten Hand. Sie übrigen Mitglieder der Bruderschaft folgten seinem Beispiel.

Stunde um Stunde zogen sie ein Stück Stoff nach dem anderen aus dem Stapel, konzentrierten sich kurz und warfen es dann hinter sich.

Mittlerweile schmerzten ihre Knie und Rücken, sie hatten Hunger und Durst und waren sehr, sehr müde. Mechanisch griffen sie immer wieder nach den Stoffstücken und wie in all den vergangenen Jahrhunderten war es immer wieder ein Fehlschlag.

Deshalb dauerte es eine geraume Weile, bis jeder der Bruderschaft auf den erschrockenen Ausruf des jüngsten Mitglieds reagierte.

Zweifelnd blickten sie zu ihm, als er ein graues Stück Stoff vor sich her schwenkte.

„Ich… Ich glaube ich hab das Artefakt gefunden. Der Ring… Der Ring leuchtet rot."

Demonstrativ hielt er die rechte Hand empor, damit jeder das starke Leuchten sehen konnte.

Der Prior stand mit einem Ächzen auf und lief zu ihm. Vor Aufregung zitternd nahm er ihm das kleine Stoffstück ab. Ein Aufschrei ging durch die Runde, als auch sein Ring rot zu leuchten begann.

„Das Artefakt. Wir haben es gefunden. Nun wird alles gut." Tränen standen in seinen Augen. „Ja. Es ist eindeutig. Nie wieder werden wir aus den Waschzubern und –maschinen Socken stehlen müssen. Nie wieder werden Hausfrauen und –männer verzweifelt nach dem Grund fragen, warum zwei Socken in den Bottich, aber nur einer heraus genommen werden kann."

Fast andächtig ging er, gefolgt von seinen Brüdern zum steinernen Altar, der auf der anderen Seite der Höhle lag. Langsam legte er die Socke auf eine kleine Erhebung in der Mitte.

Ein lautes Grollen erfüllte den Raum, als sich der Stein um das Stück Stoff schloss.

Ein starker Wind wirbelte alle Socken, die seit hunderten Jahren hier gesammelt worden waren auf und trug sie in die Welt hinaus. Jede Socke wurde an den Platz zurückgeschickt von dem sie einst entwendet wurde.

Als sich die Höhle nun vollkommen geleert hatte erschien ein flammender Schriftzug über den Köpfen der Bruderschaft.

Das erste Artefakt ist heimgekehrt. Nun habt ihr bis zum 01.07. 3012 Zeit den magischen Schuh zu finden.

Der Prior seufzte. „Lasst uns beginnen…"

Sekhmets Rückkehr

„Es ist Zeit."

Das Flüstern riss mich aus meinen Gedanken.

„Du musst gehen. Es ist vollbracht. Deine Herrin ist da und hat den Bann gebrochen."

Die Dunkelheit, diese wundervolle, heimelige Dunkelheit, wich einem Dämmerlicht.

Langsam spürte ich meinen Körper.

Ein tiefes, lautes Rumoren ließ mich zusammenfahren.

Hunger. Ich hatte Hunger.

„Geh. Du musst Nahrung zu Dir nehmen."

Nahrung. Ich dachte an meine letzte Mahlzeit. So viel Zeit war vergangen.

Blut. Ich hatte Blut getrunken. Damals. Viel Blut.

Was war passiert?

Vater. Er hatte mich in diese Höhle gebracht, als ich ihm zu mächtig wurde.

Wie viel Zeit wohl vergangen war?

Langsam kehrten meine Erinnerungen zurück.

Sekhmet, die Mächtige, die Herrin des Zitterns, hatte mich erhoben.

Ich wurde nicht getötet wie andere Menschen, sondern durfte mich ihr anschließen.

Wir waren zunächst nur eine kleine Gruppe. Tagsüber schliefen wir in den herrlich dunklen

Grabhöhlen der ehemaligen Regenten, nachts dann labten wir uns gemeinsam am Blut des ägyptischen Volkes.

Dann war Sekhmet plötzlich verschwunden.

Die Kräfte, die sie uns hinterlassen hatte, sorgten aber dafür, dass niemand uns aufhalten konnte.

Wir waren wie Götter. Unsere Macht wuchs stetig, so auch die Zahl unserer Anhänger. Sie brachten uns Menschen, deren Blut wir trinken konnten. Die treuesten unserer Anhänger verwandelten wir in unseresgleichen.

Dann kam der Tag, der alles veränderte.

Mein Vater und die übrigen Priester hatten unsere Schlafstätten entdeckt.

Ich hörte die Schreie der Brüder und Schwestern des Blutes.

Die Priester hatten Feuer in den Höhlen gelegt. Nahezu das einzige Mittel, uns zu vernichten.

Ich konnte nicht helfen. Die Sonne stand noch am Himmel und ihre Macht war genauso verheerend für einen Vampir, wie das Feuer.

Dann hörte ich sie kommen.

Mit Fackeln in den Händen stürmten sie meinen Unterschlupf.

Es waren zu viele Gegner für mich. Zumindest, bis die Nacht hereingebrochen war. Dann hatte ich die ganze Macht.

Ich blickte in das harte, entschlossene Gesicht meines Vaters. Mir war klar, dass ich keine Gnade erwarten konnte, also versuchte ich nicht, um mein Leben zu flehen.

Sie stürzten sich aber nicht mit ihrem Feuer auf mich. Reglos blieben sie in einem Halbkreis vor mir stehen und warteten.

Dann, ich hoffte schon, dass sie mich meiner Kräfte wegen verschonen würden, öffnete sich die Menschenmauer und eine geöffnete schwarze Holzkiste wurde vor mich geschoben.

Erstaunt blickte ich meinen Vater an.

Aber sein Gesicht zeigte keine Regung.

Er zeigte lediglich auf die Kiste.

„Steig hinein!"

Was sollte das? Nun, wenn sie meinten, mich in solch einem zerbrechlichen Behältnis gefangen halten zu können, sollten sie sich wundern.

Zwei Priester trieben mich mit ihren Fackeln auf die Kiste zu.

Mir blieb nichts anderes übrig, als hinein zu steigen. Diese Unverschämtheit würden sie bald bereuen. Ich spürte, dass der Sonnenuntergang nicht mehr lange auf sich warten ließ.

Mit einem lauten Poltern schloss sich der Deckel.

Dann merkte ich, dass die Kiste angehoben wurde.

„Beeilt euch!", hörte ich Vater mit gedämpfter Stimme rufen „Bald geht die Sonne unter, und wir haben noch einen weiten Weg vor uns."

Ja! Bald geht die Sonne unter, und ihr werdet für euren Frevel blutig bezahlen!

Die Kiste wurde auf einen Pferdewagen gehoben, und schon setze der sich in Bewegung.

Nicht mehr lange, und meine Zeit würde kommen. Ich spürte meine Kräfte wachsen.

Der Wagen hielt an, und die Kiste wurde heruntergehoben.

Ich roch drei Menschen. Roch ihre Anstrengung, ihre Angst.

Recht so. Die Angst war begründet. Nur noch wenige Minuten, bis ich frei war. Und sie mir als Appetithäppchen dienten.

Die Kiste wurde abgesetzt, und die Menschen entfernten sich.

Es war soweit.

Die Sonne war untergegangen, und ich verfügte über meine volle Kraft.

Ohne Anstrengung öffnete ich die Kiste und stieg heraus.

Ich befand mich in einer großen Höhle. Vor der kleinen Öffnung standen die drei Menschen und schienen zu warten. Offenbar auf ihren Tod. Gut. Sollte er ihnen zuteil werden.

Ich fletschte meine Zähne und stürzte mich auf die Frevler, prallte aber gegen eine unsichtbare Wand.

Irritiert hörte ich, wie die Menschen erleichtert aufatmeten.

„Der Weise Mann hatte also Recht", meinte der Anführer. „Aus dieser Höhle kann kein Vampir entkommen. Lasst uns gehen. Wir haben das Übel besiegt!"

Ohne mich noch einmal anzusehen, drehten sie sich um und gingen zurück zu ihren drei Pferdewagen, die nahe der Höhle standen.

Ich wollte ihnen hinterher rufen. Wollte bitten, flehen, drohen. Doch kein Laut drang über meine Lippen.

Der Eingang zur Höhle wurde kleiner und kleiner. Trotz meiner scharfen Augen konnte ich nichts erkennen.

Dann überfiel mich bleierne Müdigkeit.

Ich verlor jegliches Zeitgefühl. Ich verspürte keinen Hunger. Die Höhle nährte mich. Alles Körperliche viel von mir ab. Mir blieben nur meine Gedanken.

Fünf tausend Jahre nur Gedanken.

Dann kam das Flüstern.

„Geh. Sekhmet ist zurückgekehrt. Deine Herrin wartet."

Der Eingang zur Höhle, der seit tausenden Jahren verschlossen war, öffnete sich.

Ein voller Mond beleuchtete die Dünen, die sich im Laufe der Jahrtausende immer näher an den Bergkamm herangeschoben hatten. Ich verließ mit unsicheren Schritten die Höhle.

Zum ersten Male seit fünftausend Jahren.

Und dann sah ich sie. Sekhmet stand nur wenige Meter neben dem Höhleneingang. Ihre weiten Umhänge wehten im Wind. Neben ihr sah ich auf dem glitzernden Sand zwei leblose Körper liegen. „Trink, meine treue Ky´Ra!" Sie deutete auf die Körper. „Und dann komm! Wir haben viel zu tun!"

Ausgehungert stürzte ich mich auf die beiden Männer, die neben meiner Herrin lagen. Bei vollem Bewusstsein, aber unfähig, sich zu bewegen. Ich sah mit Vergnügen das Grauen in ihren Augen, als sich meine dolchähnlichen Zähne ihren Hälsen näherten. Ein unbeschreibliches Glücksgefühl durchströmte mich, als die ersten Tropfen des roten Lebenselixiers durch meine Kehle rannen. Ich trank und trank, bis auch der letzte Tropfen in mir war. Dann endlich war mein Durst fürs Erste gestillt.

„Reich mir deine Hand. Wir müssen gehen. Die Nacht der Untoten ist kurz, und wir haben für lange Zeit nur diese eine Nacht."

Ich ergriff die Hand der Herrin. Ihre wunderbar kalte Haut ließ mich erschauern.

Der Wind wirbelte den Sand auf, als wir uns in die Lüfte erhoben. Himmelhoch und nahe den Wolken flogen wir dahin. Dann sah ich den Schein vieler Feuer unter mir, und wir glitten zum Erdboden zurück.

Sekhmet erzählte, was uns erwartete. „Die Menschen führen Krieg. Bruder gegen Bruder, Schwester gegen Schwester und Nachbar gegen Nachbar. Wir werden in dieser Nacht reiche Ernte einfahren." Die Herrin ließ meine Hand los, und wir stürmten zum Schlachtfeld.

Häuser aus Stein und Lehm waren in den vergangenen Jahrtausenden errichtet worden. Nun waren die Menschen dabei, sie mit ihren Bomben und Raketen zu zerstören. Niemand nahm Rücksicht auf das Leben der Anderen. Weder auf das der Männer, Frauen, Kinder noch Greise.

Wir labten uns an den Kriegern. Einige wurden auserwählt und folgten nun auch der Herrin des Schreckens.

Überall auf der Welt fanden wir Orte des Gemetzels, und Sekhmets Heer wurde größer und größer.

Doch schon bald, zu bald für meinen Geschmack, brachte uns die Herrin zur Höhle zurück. Der neue Tag brach heran.

„Geht hinein und wartet! Schon bald werde ich euch wieder zu mir rufen, meine Kinder! Und wir werden dann endgültig die Macht über die Erde ergreifen. Die Saat des Hasses und der Gewalt, die ich ausgesät hatte, würde bald aufgehen. Und unsere Zeit kommen. Afghanistan, Ägypten, Somalia und Syrien waren nur einige der Länder, deren Bürger ich bereits infiziert hatte.

Wir betraten die Höhle, und die Öffnung schloss sich langsam hinter uns. Doch ich wusste, dass die Herrin wiederkommen und uns wieder zu sich holen würde. Dann wären wir wieder wie die Götter.

Manuskripte

Die Schlange am Postschalter wurde einfach nicht kürzer. Heike stöhnte auf, als sie sah, dass die alte Frau ihre Geldbörse auf dem Tresen ausschüttete und die Postangestellte langsam begann, das Kleingeld zu zählen.

Endlich!

Nachdem die Dame ihre zwei Briefmarken umständlich in der Tasche verstaut, ihre Gehilfe dem hinter ihr stehenden Mann auf den Fuß gerammt – er ertrug es wie ein wahrer Held, lediglich die Hand, in der er keinen Brief trug, ballte sich zur Faust – und sie sich langsam zum Ausgang bewegte, mussten nur noch vier Leute vor ihr bedient werden.

Eine halbe Stunde nachdem sie die Postfiliale betreten hatte, konnte Heike ihre fünf großen braunen Umschläge der Post übergeben.

Wieder einmal startete sie den Versuch, eines ihrer Manuskripte an den Mann, beziehungsweise Verlag zu bringen. Das vierte Manuskript.

Sie gehörte unter den Schriftstellern noch zu den Jägern und Sammlern – sie jagte einem Verlagsvertrag hinterher, sammelte aber im Augenblick nur Absagen.

Sorgfältig brachte sie die Quittungen für die Einschreiben in ihrer Tasche unter, schickte ein Stoßgebet zum Himmel, auf das es endlich mit einem Vertrag klappen würde und wandte sich dem Ausgang zu.

Durch die Glastür sah sie, dass es wieder zu schneien begonnen hatte. Mal wieder. Was die Leute nur an weißer Weihnacht so begeisterte. Sie schlug den Kragen ihrer braunen Steppjacke hoch, überprüfte den Sitz ihrer Norwegermütze, zog die Handschuhe an und stürzte sich todesmutig in den Schneesturm.

Normalerweise benötigte sie nur zehn Minuten, um den Weg zu ihrer Wohnung zurückzulegen. Doch das Wetter hatte sich gegen sie verschworen. Mit voller Wucht trieb der Wind den Schnee, der sich schon bald in winzige scharfe Eiskristalle verwandelte, in ihr ungeschütztes Gesicht.

Vollkommen durchgefroren erreichte sie nach vierzig Minuten die Haustür und schloss sie auf.

„Guten Morgen, Frau Hannemann." Der Postbote, der gerade die Briefe in den Kästen deponierte hatte, lächelte sie an. „Heute ist für sie auch was dabei. Ist schon im Briefkasten. Ich wünsch ihnen ein frohes Fest." Er grüßte noch einmal und verließ mit einem lustigen Pfeifen das Haus. Er war eine Frohnatur, dem nichts, noch nicht einmal ein tobender Schneesturm, die gute Laune verderben konnte.

„Frohe Weihnachten. Und fahren sie bloß vorsichtig." Mit vor Kälte steifen Fingern angelte Heike die zwei Umschläge aus dem Briefkasten.

Hm… Zwei Mal Random House. Zwei dünne Umschläge. Sie seufzte. Also, wieder zwei Absagen.

Sie stapfte die Treppe zu ihrer Wohnung in der zweiten Etage hoch.

Nachdem sie ihre nasse Kleidung zum Trocknen ins Bad gehängt hatte, ließ sie sich mit einem Seufzen auf die beige Wohnzimmercouch fallen und öffnete die Briefe.

„Sehr geehrte Frau Hannemann", las sie im Brief des Heyne-Verlages. „Leider sehen wir keine Möglichkeit, das von Ihnen angebotene Projekt in unser Verlagsprogramm aufzunehmen…"

Heike griff nach dem schwarzen Aktenordner neben der Couch und heftete die Absage zu den anderen.

Dann öffnete sie den zweiten Brief. Blanvalet.

„Sehr geehrte Frau Hannemann. Leider hat uns ihr Manuskript nicht überzeugt…"

Ab, zu den übrigen Absagen.

Sie blätterte den dicken Ordner durch. Es war schon eine erklägliche Anzahl Briefe zusammen gekommen. Sie seufzte. Dabei war sie sich – mal wieder – sicher, dass ihr Manuskript gefallen würde. Auch ihre „Beta-Sklaven", darunter zwei Germanisten, die ihre Arbeiten immer sehr kritisch bewerteten, waren der Meinung, dass sie den Geschmack der Fantasy-Verlage getroffen hätte.

Müde rieb sie sich die Augen. In den letzten Tagen hatte sie mal wieder einmal schlecht geschlafen. Immer wieder hatte sie den gleichen Traum. Und wie immer, wollte sie daraus eine Geschichte zusammenstellen.

Das Klingeln der Türglocke riss sie aus ihren Grübeleien.

Mit einem Seufzen erhob sie sich.

Vor der Tür standen drei ihr unbekannte Männer. In ihren langen, schwarzen Mänteln und mit ihren dunklen Sonnenbrillen sahen sie äußerst merkwürdig aus.

Wer trägt schon bei einem Schneesturm oder in einem dunklen Flur eine Sonnenbrille? Das sind Verrückte. Mist! Dachte sie. Ich hab die Kette nicht vorgelegt.

„Ja, bitte?" Sie beschloss, diese Kerle schnell abzuwimmeln und bereitete sich darauf vor, die Tür schnell vor deren Nase zuzuschlagen.

„Frau Hannemann? Heike Hannemann?"

Heike nickte.

Noch bevor sie reagieren konnte, schoss die Hand des mittleren Mannes vor und umfasste ihr Handgelenk.

Augenblicklich wurde ihre schwarz vor Augen.

Sie erwachte davon, dass ein Presslufthammer mit aller Macht versuchte, ein Loch in ihren

Schädel zu schlagen. Zumindest fühle es sich so an.

„Sie wacht auf", hörte sie wie durch Watte.

„Frau Hannemann?"

Heike setzte sich stöhnend auf und blickte in die Runde.

Sie befand sich offenbar in einem Kellerraum. Außer dem Sofa, auf dem sie bis vor wenigen Augenblicken gelegen hatte, war der Raum vollkommen leer. Die nackten, kalten Betonwände verbreiteten eine düstere Stimmung. Die drei Männer in ihrer merkwürdigen Maskerade starrten sie an.

„Wo bin ich? Was wollen Sie von mir?" Die Kopfschmerzen hatten ein erträgliches Maß erreicht. Gleichzeitig erfüllte sie Wut über ihre Entführung.

„Das ist einerlei. Woher haben sie die Ideen für ihre Geschichten?", wurde sie gefragt.

„Wie bitte? Was soll das? Die fallen mir halt so ein. Meist träume ich sie. Was soll diese Fragerei?" Heike war verwirrt.

Die drei Männer blickten sich an.

„Haben sie wieder eine Geschichte geschrieben? Wovon handelt sie? Haben sie sie schon an Verlage geschickt?", ratterten sie Fragen auf sie ein.

Trotzig antwortete Heike: „Ich habe heute – ich denke einmal, dass es heute war oder wie lange bin ich schon hier? – ein neues Manuskript verschickt. Was darin steht, können sie lesen, wenn es als Buch in den Buchhandlungen steht."

„Es ist sehr wichtig, dass wir erfahren, was in ihrem Roman geschieht…" Der Sprecher wurde von seinem Nebenmann unterbrochen. „Sagen wir ihr warum. Dann wird sie wahrscheinlich kooperieren. Also, Frau Hannemann. Uns liegen drei ihrer Manuskripte vor. Alles, was sie darin geschildert haben, ist wirklich geschehen."

„Jetzt wollen sie mich aber auf den Arm nehmen." Heike sah die drei entgeistert an. „Das sind Fantasy-Geschichten. Mit Zauberern, Hexen, Dämonen und so 'nem Kram. Sie wollen mir doch nicht erzählen, dass es so etwas gibt."

„Genau das stimmt aber. Die Frage ist nun, ob die Dinge geschehen, weil Sie sie schreiben oder ob Sie schreiben, was geschehen wird. Wovon handelt also ihre Geschichte?"

Ungläubig saß Heike einige Minuten mit offenem Mund da, bevor sie antworten konnte.

„Der Arbeitstitel des Romans ist „Kabale". Es handelt von zwei Zaubererzirkeln, die sich schon seit Jahren bekämpfen. Nun hat einer der Zirkel die Möglichkeit die Oberhand zu gewinnen. Aber mal im Ernst. Das kann doch nicht Wirklichkeit sein."

Die drei Männer tuschelten leise miteinander. Heike konnte kein Wort verstehen.

„Können sie sagen, wie der zweite Zirkel gewinnen will?"

Heike konnte die Spannung im Raum fast greifen. Sie überlegte.

Wenn die Männer Recht hatten… Das war ihre Chance hier rauszukommen.

„Ich kann ihnen alles aufschreiben. Das ist einfacher. Ich brauche nur einen Stapel Papier, einen Stift und Ruhe."

Die Männer tuschelten wieder miteinander.

„Gut. Wir werden alles arrangieren." Dann verließen sie den Raum und ließen Heike allein zurück.

Wenige Minuten später trugen sie einen Tisch, einen Bürodrehstuhl, einen Stapel Kopierpapier und eine Schale mit verschieden Kugelschreibern herein.

Heike setzte sich. „Ich kann nur schreiben, wenn mir niemand über die Schulter schaut. Das macht mich nervös und mir fällt nichts ein", erklärte sie, als einer der Männer neben ihr stehen bleiben wollte.

Seufzend drehte er sich um und ging zu seinen Kumpanen.

Heike begann zu schreiben.

Nach zehn Minuten hatte sie eine halbe Seite notiert. Ein Poltern hinter ihrem Rücken ließ sie lächeln. Langsam drehte sie sich um. „Damit ist diese Frage dann also geklärt. Die Dinge geschehen, weil ich sie aufgeschrieben habe."

Heike stand auf und ging zur Tür. Wie sie geschrieben hatte, ließ sie sich ohne Probleme öffnen. Sie stieg über die drei besinnungslos auf dem Boden liegenden Männer und verließ den Keller.

Auch im übrigen Haus begegnete ihr, wie sie es gewollt hatte, niemand. Unbehelligt konnte sie es verlassen und nach Hause zurückkehren.

Sie verschloss die Wohnungstür und legte sofort die Kette vor. Aus der Wohnung neben ihr klangen Weihnachtslieder herüber.

Nachdenklich setzte sie sich an ihren Schreibtisch.

„Verrückt", sagte sie laut „Mal sehen, was ich mit dieser Fähigkeit anfangen kann."

Sie startete ihren PC, öffnete ihr Schreibprogramm, dachte an Frieden auf Erden und begann zu schreiben.

Die andere Seite

Heute wollte es einfach nicht hell werden. Janali stampfte in ihrem Mantel durch den trüben Novembertag und beeilte sich, in die Buchhandlung zu kommen. Für ihr Studium benötigte sie dringend einige Bücher. Ansonsten hätte sie es vorgezogen, warm eingemummelt auf dem Sofa zu sitzen, einen Tee zu trinken und ihren Geburtstag zusammen mit Kater Baileys zu verbringen.

Janali öffnete die Tür und warme Luft schlug ihr entgegen. Außer der Verkäuferin und ihr waren noch eine ältere und zwei jüngere Frauen zugegen, die sich angeregt unterhielten.

Die Studentin öffnete ihren dunkelroten Mantel und schritt schnell auf die Regale mit der Fachliteratur in der hinteren Ecke der Buchhandlung zu. Es war wie fast immer. Sie stöberte hier, las dort und vergaß darüber die Welt um sich herum.

Plötzlich hörte sie einen schrillen Schrei und schreckte hoch. Danach vernahm sie ein Sirren, wie sie es von Hochspannungsmasten her kannte, und lautes Poltern. Sie wagte es zunächst nicht, sich zu bewegen. Als Nächstes registrierte sie Schritte und den Klang der Türglocke, ehe die Eingangstür der Bücherei ins Schloss fiel.

Vorsichtig lugte sie hinterm Regal vor, sah keine unmittelbare Gefahr mehr für sich und schlich ängstlich zum Ausgang, als sie plötzlich ein Ächzen vernahm. Nichts wie weg hier, dachte sie sich und stolperte im nächsten Augenblick beinahe über die am Boden liegenden Frauen. Jetzt erst sah sie die klaffenden Wunden in deren Bäuchen, und ihre Augen weiteten sich vor Entsetzen.

Ich muss was tun, ermahnte sich Janali, doch ein Blick in die gebrochenen Augen der Verwundeten reichte, um die Sinnlosigkeit jeder Hilfe zu erkennen. Nur die ältere Frau, die etwas abseits auf dem Boden lag, lebte noch und presste beide Hände auf ihre Wunde. Janali stürzte zu ihr, und die Greisin öffnete mühsam ihre Augen. Mit schmerzverzerrter Miene streckte sie Janali einen Arm entgegen und versuchte etwas zu sagen, doch bedeutete die junge Frau ihr, die Kräfte zu schonen. Mitfühlend ergriff Janali die dargebotene Hand, und augenblicklich fühlte sie, wie wohlige Wärme von der alten Frau auf sie übersprang und sich im ganzen Körper ausbreitete. Die Todeskandidatin lächelte. "Eine gute Wahl", flüsterte sie mit letzter Kraft. Verwirrt und fragend blickte Janali sie an, bekam aber keine Antwort. Die dargereichte Hand der Frau erschlaffte, ihre Augen trübten sich, und dann war auch sie tot.

Janali stand unter Schock, und so bemerkte sie nicht mehrere aus dem Nichts aufgetauchte Personen, die zu den verletzten Frauen eilten, aber nur noch deren Tod feststellen konnten.

Der Anführer der Gruppe, ein Mann Mitte zwanzig mit dichten, langen schwarzen Haaren, die er im Nacken zu einem Zopf gebunden hatte, kam auf Janali zu. Sein Blick ruhte lange auf den immer noch fest verbundenen Händen Janalis und der alten Frau, und dann nickte er.

"Wir müssen die Leichen mitnehmen. Und diese junge Frau auch. Ich glaube zu verstehen, was hier passiert ist. Das heißt, ich hoffe es", sprach Max Bauer in einem Ton, der von Autorität zeugte.

Die anderen nickten, berührten die Leichen der Frauen und verschwanden mit ihnen im Nichts, aus dem sie gekommen waren. Max berührte sanft Janalis Schulter, und schon war die Buchhandlung menschenleer. Von der Tragödie, die sich hier abgespielt hatte, nichts mehr zu sehen.

Sie materialisierten sich in einem großen, gemütlich eingerichteten Zimmer. Hohe, dunkelbraune Ledersessel waren um einen Kamin arrangiert, in dem Flammen loderten und angenehme Wärme verströmten. Max führte Janali zu einem der Sessel.

Sie stand noch lange unter Schock und verstand weder, was in der Buchhandlung passiert war, wie sie hier in dieses Zimmer gekommen war noch den Grund für ihren plötzlichen Wissenszuwachs um seltsame Dinge.

So war ihr beispielsweise sofort klar, dass sie das Glas auf dem kleinen Mahagonitisch vor ihr nicht mit den Händen greifen musste, wenn sie aus ihm trinken wollte. Sie wusste, dass sich das Glas von allein zu ihr bewegte, wann immer sie es wollte. Aber wieso konnte sie solche Dinge? Woher wusste sie davon? Was war hier los?

Langsam gelang es ihr, die Gedanken wieder zu ordnen.

Dann hörte sie von der Haustür ein Klopfen, und die anderen Leute im Kaminzimmer blickten sich nervös an.

Max schloss kurz die Augen. „Die Revieri. Na, da haben sie aber schnell reagiert." Er ging zur Haustür, die weit aufsprang, als er sich ihr näherte.

Ein hagerer Mann stürmte an Max vorbei in die Eingangshalle. Ihm folgten drei Frauen auf dem Fuß. Eine davon sehr alt, die anderen dagegen in den Zwanzigern und alle wie der Anführer in lange, schwarze Umhänge gehüllt.

„Also, Bauer", sprach der Hagere zu Max. „Eure Hohe Frau ist tot und beide Aspirantinnen sind es auch. Ihr werdet also automatisch bei uns als stärkster Sektion eingegliedert." Ein höhnisches Grinsen erschien auf seinem Gesicht, hatte er doch jahrelang auf diesen Moment gewartet.

Max sah ihn mit einem flüchtigen Lächeln an. „In der Tat sind die drei Frauen vor wenigen Minuten ermordet worden. Ich danke dir für deine offenkundige Anteilnahme. Es ist doch immer wieder erstaunlich, wie schnell du informiert wirst. Allerdings scheinen dir deine Zuträger nicht alles erzählt zu haben. Beide Aspirantinnen leben zwar nicht mehr, aber die Hohe Frau hat den Übergang trotzdem vollzogen. Wir haben also eine Neue! Und jetzt solltest du verschwinden. Bestimmt hast du noch viel zu tun. Und nochmals Danke schön für dein Vorbeischauen!"

Max hob seinen rechten Arm und zeigte unmissverständlich zur Tür.

„Halt!" Daniel Santes sah Max ungläubig an und machte keine Anstalten, dessen Aufforderung nachzukommen. „Nicht so schnell! Du behauptest, dass vier Magierinnen zusammen unterwegs waren und eine den Anschlag überlebt hat?"

Max schüttelte den Kopf. „Das nicht, aber Johanna hat ihre Kräfte einer jungen Frau übertragen, die sich zur Zeit des Attentats in der Bücherei aufhielt …"

„Das ist doch Unsinn", blaffte Daniel und schaute Max direkt in die Augen. „Du weißt wie ich, dass die Kräfte einer Hohen Frau nur an eine Magierin übertragen werden können. Nichtmagische Menschen würden auf der Stelle sterben!"

„Dann ist diese junge Frau eine Ausnahme von der Regel oder sie hat, ohne dass wir es wussten, zuvor bereits magische Fähigkeiten besessen. Jetzt sitzt sie im Nebenraum und erfreut sich, abgesehen von einem leichten Schock, bester Gesundheit."

„Amelia", schrie Daniel nach der Hohen Frau der Revieri. „Siehe sofort nach dieser jungen Frau!"

Die Angesprochene, die den Disput der beiden kopfschüttelnd verfolgt hatte, öffnete die Tür zum Kaminzimmer und trat ein. Aufmerksam blickte sie sich um und nickte den anwesenden Magiern zu. Dann bemerkte sie die wie ein Häufchen Elend in ihrem Sessel sitzende Janali und trat zu ihr.

„Hallo, meine Liebe. Keine Angst. Hier wird dir trotz des Zanks zwischen den Männern niemand was tun." Sie lächelte Janali aufmunternd zu. „Das sind halt Jungs. Die benehmen sich nicht immer gesittet. Bitte erzähl mir, was in der Buchhandlung vorgefallen ist."

Janali spürte, dass sie dieser alten Frau vertrauen konnte. Trotzdem brachte sie kein Wort heraus, und Tränen kullerten über ihre Wangen.

„Sch ... Ganz ruhig. Du musst nichts sagen, wenn du es nicht kannst. Gib mir einfach deine Hände!"

Janali kam der Bitte der Hohen Frau widerstrebend nach und spürte wie in der Bibliothek, dass angenehme Wärme sie durchflutete. Zugleich entstand ein Gefühl der Vertrautheit und Janali entspannte sich.

Die alte Frau hatte ihre Augen geschlossen und konzentrierte sich auf Janalis Unterbewusstsein. Nach wenigen Augenblicken lächelte sie, löste die Verbindung und erhob sich.

„Daniel, wir können gehen. Die Delamare haben eine Hohe Frau. Wie stark ihre Fähigkeiten sind, werden wir heute Abend erfahren."

Die alte Frau schritt erhobenen Hauptes am verblüfften Santes vorbei zur Eingangstür.

„A, Aber....", stotterte der.

„Ich sollte prüfen", entgegnete Amelia ruhig, „ob die Delamare eine Hohe Frau haben. Das habe ich getan. Warum die Kräfte auf die junge Frau hier übergegangen sind, weiß ich aber nicht. Lass uns nun gehen. Ich möchte mich endlich auf die Zeremonie vorbereiten!" Dann wandte sie sich an Max und die anderen Delamare: „Liebe Freunde, ich freue mich, euch heute Abend wiederzusehen!"

Daniel folgte ihr ohne ein Wort des Grußes nach draußen und Max schloss erleichtert die Haustür.

Im Kaminzimmer fühlte sich Janali sichtlich unwohl. Die Ereignisse in der Bücherei machten ihr ebenso zu schaffen wie die Rivalitäten zwischen den beiden Gruppen. Und sie hatte heute noch nicht Kater Baileys gefüttert, der zuhause auf sie wartete. Merkwürdig, ging es ihr durch den Kopf, dass ihr das Wohlergehen eines Haustiers nun am Wichtigsten erschien.

„Baileys", sagte sie stockend und dann, als sie die fragenden Blicke der Anderen bemerkte: „Ich muss zuhause meinen Kater füttern."

„Wir werden uns um ihn kümmern", versprach Max. „Aber wenn du ihn lieber bei dir hast, holen wir ihn auch hierher!"

Janali sah ihn dankbar an und nickte. „Aber jetzt möchte ich endlich wissen, um was es hier geht. Wer seid ihr? Warum sind diese Frauen umgebracht worden? Und was um alles in der Welt ist mit mir passiert?" Janali sah jeden Einzelnen im Raum an. Irgendwer musste ihre Fragen doch beantworten können.

Max sah sich um. aber keiner wollte den Part des Erklärers übernehmen. Notgedrungen begann er, die neue Hohe Frau aufzuklären: „Nun, fangen wir mit der ersten Frage an. Wir sind die Delamare und gehören einer Minderheit an, die über besondere Fähigkeiten verfügt. Manche nennen unsere Talente paranormal, andere sprechen von Hexerei." Er lächelte. „Außer uns gibt es noch andere Gruppen wie diese Revieri, die du gerade kennengelernt hast. Insgesamt sind es dreizehn. Jede Gruppe hat eine Frau mit sehr starken Fähigkeiten in ihrer Mitte. Wir nennen sie die Hohen Frauen. Unsere im Buchladen ermordete Johanna war eine von ihnen. Sie stärken und unterstützen mit ihrer Kraft die Fähigkeiten der Mitglieder ihrer Sektion. Wenn eine Hohe Frau stirbt, gibt sie ihre Fähigkeiten an eine andere Magierin der Sektion weiter. Deshalb begleiten zwei Anwärterinnen sie ständig überallhin.

Im Buchladen sind außer der Hohen Frau leider auch beide Aspirantinnen ermordet worden. Normalerweise wäre unsere Sektion seit heute am Ende, weil Johanna ihre Kräfte nicht an eine Anwärterin aus unseren Reihen weitergeben konnte. Aber es ist doch nicht alles vorbei, weil die Ermordete ihre besonderen Fähigkeiten wie durch ein Wunder an dich weitergegeben hat. Eigentlich unmöglich. Kein Normalsterblicher überlebt das! Warum es bei dir anders gelaufen ist, weiß ich nicht. Wir werden es noch untersuchen. Aber du bist jetzt unsere Hohe Frau!"

Janali wurde es schwindelig. Ihr ganzes Leben war plötzlich auf den Kopf gestellt. Magie! Paranormale Fähigkeiten! An so was hatte sie nie geglaubt, und jetzt sollte sie ernsthaft über Zauberkräfte verfügen?

„Wie soll das weitergehen?", wollte sie wissen. „Ich muss doch wieder nach Hause. Nicht nur, dass mein Kater auf mich wartet. Ich muss studieren, lernen, zu Vorlesungen." Wieder war sie den Tränen nahe.

„Bitte bleib erst mal bei uns und schau dir alles an. Deinen Kater holen wir heute noch hierher. Wie du vorhin mitbekommen hast, findet heute Abend die jährliche Zeremonie statt, an der alle Sektionen mit ihren Hohen Frauen teilnehmen. Bei dieser Veranstaltung geht es auch um den Ratsvorsitz. Wer von den Hohen Frauen die besten Fähigkeiten hat, übernimmt für ein Jahr den Vorsitz im Rat. Bitte, du musst für uns an dieser Zeremonie teilnehmen. Ansonsten werden die Revieri darauf bestehen, dass wir als Sektion zu ihnen kommen und eingegliedert werden. Und das wollen wir, wie du dir denken kannst, auf keinen Fall! Bitte …" Er sah sie flehend an.

Janali spürte ein unbekanntes Kribbeln im Bauch, als sie zusammen mit den übrigen Mitgliedern der Sektion Delamare die Halle der Zusammenkunft betrat. Zur Feier des Tages trug sie ein langes schwarzes Gewand und um den Hals eine schwere goldene Gliederkette, an der ein goldenes Amulett hing.
Anfänglich hatte sie sich noch gesträubt, an der Zeremonie teilzunehmen. Doch seit offenkundig

war, dass sich Baileys bei den Delamare wohl fühlte und keiner etwas gegen sie hatte, musste niemand sie mehr überzeugen …

Wie es schien, waren alle übrigen Sektionen bereits versammelt, und Janali spürte unzählige neugierige Blicke auf sich ruhen. Max reichte ihr jetzt seinen Arm und geleitete sie durch die Menge zum großen, runden Tisch, um den schon die anderen Hohen Frauen saßen.

Janali bedankte sich bei Max, nahm auf einem hölzernen Stuhl mit hoher Rückenlehne Platz und harrte der Dinge, die da kommen würden.

Plötzlich wurde es still im Saal, und alle Augen richteten sich auf einen grauhaarigen Mann, der auf den runden Tisch zuging und sich auf einen goldenen Stab stützte. Am Ziel angekommen, nickte er den Hohen Frauen zu und begann dann mit seiner Rede:

„Wie in jedem Jahr seit mehreren Millennien sind wir hier zusammengekommen, um den Vorsitz unserer Gemeinschaft durch den Cailbstab neu bestimmen zu lassen. Der Sektion mit der stärksten Hohen Frau in ihren Reihen wird er sich zuwenden. Und diese Sektion führt unsere Gemeinschaft ein Jahr lang. Die Hohe Frau mit den stärksten Kräften wird dann zur Prüfung vor das Tor der Wahrheit treten. Lasst uns also beginnen!"

Er stampfte mit seinem goldenen Stab dreimal auf den Steinfußboden.

Sofort öffnete sich der Tisch in seiner Mitte, die wie durch Zauberhand verschwand.

Dafür sahen alle, wie aus dem Loch ein goldener Stock emporschwebte, der Janali wie ein mit Goldfarbe bestrichener Ast vorkam.

„Ich bitte die Hohen Frauen, sich zu konzentrieren und dem Stab zu befehlen, zu ihnen zu kommen." Der Zeremonienmeister trat einige Schritte zurück, damit alle im Versammlungssaal sehen konnten, was sich am Tisch tat.

Janali tat es den anderen Hohen Frauen nach und streckte ihre Hand nach dem Cailbstab aus. Aber wie sollte sie ihm befehlen, zu ihr zu kommen? Das konnte doch nichts werden. Schließlich hatte sie von allen Damen die weitaus geringsten Fähigkeiten. Folglich entspannte sie sich, schaute auf den Stab und dachte: Komm zu mir.

Ein Aufschrei ging durch die Menge. Der Cailbstab bewegte sich tatsächlich auf Janalis zu, und Sekunden später hielt sie ihn in der Hand.

Verblüfft starrte sie den Stock an. Was sollte das denn werden? Janali schüttelte ungläubig den Kopf und hörte die Worte des Zeremonienmeisters wie durch Watte zu sich dringen: „Die Entscheidung ist gefallen. Den Vorsitz der Gemeinschaft übernimmt ab sofort die Sektion Delamare."

Max trat hinter Janali. Er schien genauso erstaunt zu sein wie sie, hatte sich aber schneller wieder in der Gewalt. Er nahm den Cailbstab an sich und half ihr vom Stuhl.

„Ich verstehe es auch nicht", flüsterte er Janali zu. „Wir müssen jetzt zum Tor der Wahrheit. Komm!"

Er reichte Janali wieder seinen Arm und gemeinsam schritten sie zu einer alten, schon halb verwitterten Holztür. Die junge Frau sah Max skeptisch an. Welche Prüfung sollte hier auf sie warten?

„Du musst die Tür berühren", riet ihr Max „Das machen alle so, und bisher ist niemand zu Schaden gekommen."

Janali wirkte immer noch skeptisch und Max nickte ihr aufmunternd zu. Seufzend hob sie eine Hand und legte sie auf das alte, verwitterte Holz der Tür.

Von einer Sekunde zur anderen umgab sie dichter Nebel, in dem alles vorher Gesehene verschwand. Max und Janali sahen sich erstaunt an. „Und nun?", fragten beide Unisono und zuckten mit den Schultern. Dann spürten sie etwas Kleines, Flauschiges zu ihren Füßen, das laut schnurrte.

„Baileys?. Was machst du denn hier?" Janali beugte sich zu ihrem Kater hinab. „Komm. Wir gehen zurück!"

Sie nahm den Kater auf den Arm und überlegte, woher sie gekommen war. Orientierungshilfen gab es dabei nicht. Die alte, hölzerne Tür war nicht mehr zu sehen. Stattdessen erkannte sie trotz Nebels den Saal, aus dem sie gerade gekommen war. Alle Hohen Frauen saßen noch auf ihren Plätzen, und die Zuschauer standen im weiten Rund um sie herum, schienen aber in ihrem Bewegungen erstarrt zu sein.

Janali sah Max ratlos an, doch der konnte sich auch keinen Reim auf das machen, was er sah und hörte. Vorsichtig versuchte er einen Schritt vorwärts zu gehen – und traf auf eine unsichtbare Mauer.

„Mist! Hier kommen wir nicht zurück!" Er blickte sich um, doch außer waberndem, grauem Nebel war nichts zu erkennen. „Versuchen wir es an einer anderen Stelle. Irgendwo müssen wir doch wieder hinüberwechseln können."

Janali nickte. Sie blickte noch einmal zurück, doch niemand im Saal hatte sich zuletzt bewegt. Oder doch? Irgendetwas war anders, und jetzt wusste sie auch, wer nicht mehr war wie beim letzten Hinschauen. „Dieser Daniel ist nicht mehr da!"

Max erschrak und sah, so gut es ging, in alle Richtungen, aber Daniel entdeckte er nicht. „Bleib dicht bei mir. Dieser Kerl ist gefährlich", flüsterte Max. „Gehen wir weiter."

Er nahm Janalis Hand, und gemeinsam tasteten sie sich an der Barriere entlang durch den Nebel. Sie schienen schon eine Ewigkeit unterwegs zu sein, als Max plötzlich anhielt.

„Hast du das gehört?", flüsterte er. Janali nickte. Da war das Geräusch wieder. Es hörte sich an wie das Rauschen von Blättern. Langsam und vorsichtig gingen sie weiter.

Nach einigen Minuten schien sich der Nebel allmählich zu lichten und es wurde heller, das Rauschen geringer.

Dann sahen sie Daniel vor sich, der auf die Helligkeit zulief. Und sie hörten das Klack, Klack ihrer Schritte, die auf dem Asphalt widerhallten. Janali blickte sich erstaunt um. Sie liefen auf einer Straße, die rechts und links von Gebäuden mit leeren dunklen Fensterhöhlen gesäumt wurde.

Daniel lief immer noch vor ihnen her und es kam Janali vor, als würden sie ihm seit Stunden folgen.

Plötzlich stürmte Daniel auf ein Geschäft zu und Janali hielt den Atem an, als sie die Front ihrer Buchhandlung wiedererkannte. Sie hörte das helle Läuten der Türglocke und das leise Klicken, als die Eingangstür wieder ins Schloss fiel.

Max und Janali nickten sich zu und beeilten sich, auch zur Buchhandlung zu kommen, blieben am Ziel aber abrupt stehen.

Das Innere hatte mit der Buchhandlung, in der die Morde geschehen waren, kaum noch etwas zu tun. Der Raum erschien ihnen jetzt grenzenlos, überall waren Buchregalreihen aufgestellt und deren Ende nicht abzusehen. Vor den Regalen aber standen unzählige steinerne Skulpturen. Janali trat näher heran. Es waren wundervolle Kunstwerke. Jedes Detail war exakt ausgearbeitet. Es schien, als ob die dargestellten Menschen, deren Gesichter vor Entsetzen verzerrt waren, jeden Augenblick zum Leben erwachen könnten.

Dann stutzte sie. Eine der Skulpturen sah Daniel zum Verwechseln ähnlich. Sie berührte den Stein. Er war kalt und leblos.

„Ich grüße euch!"

Eine alte Frau in langen, schwarzen Gewändern trat aus einer Buchregalreihe heraus.

Janali und Max, die Daniels Skulptur jetzt gemeinsam anstarrten, zuckten zusammen.

„Ihr müsst keine Angst haben. Ihr habt das Recht, hier zu sein. Im Gegensatz zu diesen Menschen." Die alte Frau zeigte auf die Skulpturen.

„Wer bist du und was ist das alles hier?" Max stellte sich schützend vor Janali.

„Das ist die Akasha-Bibliothek. Hier ist das gesamte Wissen des Universums aufgezeichnet."

Janali hatte plötzlich keine Angst mehr und trat hinter Max vor: „Und was ist mit diesen Menschen?"

„Sie haben sich den Weg durch die erste Prüfung, das Tor der Wahrheit, erschlichen. Schon seit Jahrtausenden gibt es in der Welt der Menschen Gerüchte über diesen Ort und das Tor hierher. Die zweite Prüfung kann aber nur die Auserwählte bestehen. Nur sie darf die Bibliothek betreten."

Max trat besorgt einen Schritt zurück.

„Keine Angst." Die alte Frau lächelte. „Die Auserwählte hat das Recht, Gefährten mitzubringen."

„Du sagst, hier findet man das gesamte Wissen des Universums? Wirklich in diesen Büchern hier?" Janali zeigte auf die langen Buchreihen.

„Diese Darstellung ist gewählt worden, weil du Bücher liebst. Wenn du eine andere Form möchtest, kannst du es gerne sagen."

„Nein. Das ist vollkommen in Ordnung. Aber, was ist mit den Versteinerten?"

„Sie bleiben hier, bis ans Ende aller Tage. Zu groß ist die Gefahr, dass sie eine Auserwählte dazu bewegen, sie hierher mitzunehmen. Du aber und dein Begleiter, ihr könnt euch alles Wissen aneignen. Es gibt in jeder Generation nur eine Auserwählte. Und nur wenige finden den Weg hierher. Du kannst auch gehen, wenn du möchtest und jederzeit wieder zurückkommen." Die alte Frau lächelte. „Ich würde mich sehr darüber freuen. Es kann hier sehr einsam sein."

Janali trat voller Staunen durch die Reihen der Skulpturen auf die Bücher zu, nahm das erste zur Hand und begann darin mit glücklichem Gesichtsausdruck zu lesen. Für den Rest ihres Lebens hatte sie jedenfalls genug zum Herumschmökern.

Auch Max strahlte übers ganze Gesicht. All das Wissen, das hier vereint war, gehörte jetzt Janali und ihm. Aber sie würden verantwortungsvoll damit umgehen.

Abschiedsessen

Ivonne zählte noch einmal die Leberwurstgläser. Dreizehn! Sie hatte sich zum Glück nicht verzählt. Für jede ihrer Freundinnen – und auch für sie selbst – war ein Glas ihrer berühmten, selbstgemachten Leberwurst da. Mit flinken Fingern drapierte sie noch rote Schleifen um die einzelnen Gläser und stellte sie auf das kleine Tischchen auf der Terrasse.

Sie sah sich um. Alles war perfekt für den Abschiedsabend. Den langen Tisch mit der cremefarbenen Tischdecke zierten kleine Vasen mit einzelnen roten Rosen, Geschirr, Besteck, Gläser und Servietten waren perfekt angerichtet.

Nun konnte sie sich selbst für den Empfang umkleiden.

Doch Halt! Erst musste der Braten, der sich geruhsam über dem offenen Feuer drehte, noch einmal mit etwas Fett bestrichen werden. Es wäre eine Schande, würde er verbrennen. Schließlich hatte sie eine lange Zeit gebraucht, ihn so schmackhaft zu bekommen.

Erledigt!

Ivonne blickte auf die Uhr. Ihre zwölf Freundinnen würden in einer Stunde hier erscheinen.

Schnell huschte sie ins Ankleidezimmer und schlüpfte in die bereitgelegten Kleidungsstücke.

Sie betrachtete sich im Spiegel. Eigentlich hatte sie sich für ihr Alter ganz gut gehalten, dachte sie. Keine Falten, kein graues Haar, an keiner Stelle ihres makellosen Körpers konnte man auch nur das kleinste Fettpölsterchen entdecken.

Selbst die Festmahle der letzten Abende hatten keinerlei Spuren hinterlassen.

Heute war der letzte Abend. Dann würden sie weiterziehen.

Es klingelte an der Haustür. Ivonne blickte noch einmal in den Spiegel. Perfekt!

„Meine Lieben! Kommt doch herein", rief sie, als sie ihre Freundinnen erblickte. „Kommt. Wir gehen gleich auf die Terrasse. Das Wetter ist herrlich. Wie für diesen Anlass geschaffen."

Alle Dreizehn versammelten sich um das Feuer, das dem Braten mittlerweile eine goldbraune Farbe verliehen hatte.

„Womit hast du ihn gefüllt?", fragte Monika, die sich gerade die kunstvoll an den Leib gebundenen Gliedmaße des riesigen Bratens ansah.

„Staudensellerie, Zwiebeln, Waldpilze und frischen Salbei hab ich genommen. Apfelfüllung hatten wir ja gestern. Ich wollte es diesmal etwas herzhafter machen."

Monika nickte anerkennend. „Wie das duftet! Hervorragend."

„Für jeden von euch steht da vorne auf dem kleinen Tisch noch ein Glas selbstgemachte Leberwurst bereit. Bedient euch nachher. Nun kommt zu Tisch." Ivone ging voran und ihre Freundinnen folgten ihr.

Nachdem sie sich gesetzt und ihre Gläser mit einem wunderbaren dunkelroten Burgunder gefüllt hatten, stand die Gastgeberin auf und sprach einen Toast: „Meine Lieben. Heute ist der letzte Abend, bevor wir uns auf den Weg zu einem neuen Ziel machen. Wir haben die Zeit gut genutzt und unsere Anstrengungen haben, wie immer, hervorragende Früchte getragen. Lasst uns nun mit dem Essen beginnen, um dieses Kapitel nun endgültig abzuschließen."

Alle Frauen klatschten Beifall, erhoben sich mit ihren Tellern und begaben sich zum Feuer. Hier verteilte Ivonne großzügig das Fleisch.

Es dauerte nicht lange und der Braten, nebst Füllung, war bis auf die Knochen verzehrt.

Die Knochen wurden auf einen Haufen geschichtet, Monika bestreute sie mit einem weißen Pulver, das sie aus dem Beutel, den sie um ihren Hals trug, nahm und die Knochen lösten sich in Nichts auf.

„Es ist vollbracht! Lasst uns nun aufbrechen. Neue Abenteuer, neue Liebe, neue Männer warten auf uns!" Ivonne hatte, genauso wie die übrigen Anwesenden, ihr Glas erhoben. „Und hoffen wir, dass diese Männer uns genauso jung erhalten, wie die letzten."

„Und hoffentlich schmecken sie auch wieder so hervorragend." Monika kicherte.

Silvesterfeier

Vier Stunden hab ich in der Küche gestanden und das Essen gekocht. Zwanzig Minuten hat es gedauert, bis sie es in sich hineingeschaufelt haben. Der Mund wurde abgewischt, man hat es sich auf dem Sofa bequem gemacht und lässt sich von mir weiter bedienen. Kein „Danke", kein „das hat gut geschmeckt". Ich könnte…

Naja, egal. Ich muss erst einmal den Tisch abräumen, das Geschirr in die Spülmaschine packen, das Chaos in der Küche beseitigen und dann werde ich mir auch etwas Ruhe gönnen.

Was murmelt Schwiegermutter ihrem Mann da zu? Ich sehe aus, als wenn ich zu oft feiern gehen würde? Und meine Kleidung ist für eine Frau meines Alters zu jugendlich?

Warum sehe ich wohl so müde aus? Weil ich seit drei Tagen, seit mein Mann freudestrahlend erklärt hat, dass seine Eltern mit uns Sylvester feiern wollen, herumgewirbelt bin, um das Haus so sauber zu haben, dass Schwiegermutter nichts zu meckern hat.

Und meine Kleidung? Die geht sie doch wohl überhaupt nichts an. Soll ich mich etwa in ein

Korsett zwängen und in einem engen Schneider-kostüm rumlaufen? So alt bin ich doch wirklich noch nicht. Und mein Mann tut so, als ob er nichts gehört hätte. Typisch!

So. Die Küche ist wieder sauber. Jetzt werde ich mir ein gutes Glas Wein gönnen.

„Liebling, meine Eltern haben grade beschlossen, heute Nacht hier zu bleiben. Ist das nicht toll?" Mein Mann steht fröhlich neben mir in der Kü-che. Er ist glücklich und ich stehe am Rande eines Nervenzusammenbruchs.

Also kein Glas Wein, stattdessen auf in die obere Etage und die Gästebetten frisch beziehen und zusätzliche Handtücher ins Bad hängen.

„Habt ihr noch kaltes Bier?" Schwiegervater steht unten an der Treppe. Warum fragt er nicht seinen Sohn? Der ist näher am Kühlschrank als ich. Und warum kann er nicht selbst die fünf Schritte gehen und sich ein Bier aus dem Kühl-schrank holen. Also runter in die Küche.

„Bringst du mir ein Glas Mineralwasser?" Natür-lich hat Schwiegermutter gewartet, bis ich mich hingesetzt habe.

Wieder ab in die Küche, Mineralwasser und ein Glas geschnappt, ein Lächeln aufgesetzt und vor Wut an der Wohnzimmertür stehen geblieben.

Schwiegermutter fährt mit ihren Fingern über die obere Kante des Wohnzimmerschranks und überprüft, ob ich da oben Staub gewischt habe.

Sie sieht enttäuscht aus. Ihre Finger sind sauber geblieben.

Sie hat gesehen, dass ich ihre Aktion bemerkt habe, trotzdem scheint sie kein schlechtes Gewissen zu haben. Seelenruhig setzt sie sich neben ihren Mann und wartet, dass ich ihr das Wasser reiche.

Kurz vor elf. Endlich kann ich mich hinsetzen. Meine Füße brennen und langsam bekomme ich Kopfschmerzen. Trotzdem versuche ich weiter, meine Gäste anzulächeln. Mit mir unterhält sich niemand. Stattdessen werde ich gefragt, ob es nicht noch kleine Häppchen gibt.

Schwiegermutter meint mit belehrendem Ton, dass das doch wohl zu einer Sylvesterfeier gehört.

Ich koche vor Wut. Die Drei glauben wohl, dass ich hier nur die Bedienung wäre. Gut. Sie sollen ihre Häppchen bekommen. Ich habe da etwas ganz besonderes für sie.

Um kurz nach elf bin ich wieder im Wohnzimmer und stelle eine Platte mit Canapés auf den Tisch. Wie ausgehungert stürzen sie sich auf die Häppchen, dabei haben sie beim Abendessen auch schon mächtig zugeschlagen.

Niemanden fällt auf, dass ich mir nichts nehme.

„Ich hole schon einmal den Sekt und die Gläser, damit wir nachher auf den Jahreswechsel anstoßen können." Nur Schwiegervater nickt, die Übrigen vertilgen die letzten Brotscheiben.

Einige Minuten später kommt Schwiegervater in die Küche. Er ist sehr bleich.

„Krankenwagen", stammelt er. „Herzinfarkt." Dann bricht er zusammen.

Ich steige über seinen Körper und gehe ins Wohnzimmer. Schwiegermutter und mein Mann liegen, mit weit offenen Augen, auf dem Teppich. Ich beuge mich hinunter und untersuche sie. Kein Puls.

Auch Schwiegervater ist nicht mehr am Leben. Die drei haben mit den Häppchen so viel Digitalis zu sich genommen, dass auch ein ausgewachsener Elefant einen anaphylaktischen Schock bekommen und daran gestorben wäre.

Die Fingerabdrücke der Schwiegermutter sind schnell auf der Schüssel mit dem Thunfischaufstrich, dem Kochlöffel und dem Herzmittelfläschchen verteilt, das offene Fläschchen lege ich auf das Küchenboard über der Arbeitsfläche, so dass die letzten Tropfen in die Schüssel fallen.

Nun noch die mit weniger Digitalis präparierten Canapés gegessen und dann kann ich den Notarzt anrufen.

„Müller, Rotenstraße 12. Hilfe! Bitte kommen sie schnell! Vier Personen sind…" Dann lege ich auf.

Ah! Mitternacht. Ich öffne die Haustür, nehme mein Glas Sekt und proste mir vor dem Spiegel lächelnd zu.

„Ein frohes neues Jahr."

Dann lege ich mich mit dem Telefon in der Hand neben die geöffnete Tür, schließe die Augen und warte.

Schicksal

Allein
Sie war wie immer allein.
Niemand war da, mit dem sie sich beraten konnte.
Niemand war da, der sie trösten konnte.
Allein.
Seit diesem verhängnisvollen Sonntagabend war sie vollkommen auf sich gestellt.
Sie konnte sich weder bei ihrer Familie, noch bei Freunden blicken lassen.
Alle hassten sie.
Alle fürchteten sie.
Allein.
Wie sehr sehnte sie sich danach in ihr Haus zurückzukehren und den normalen Familienalltag wieder aufnehmen zu können. Ein normales, gutbürgerliches Leben, wie alle anderen Menschen es auch führten.
Es war ihr nicht vergönnt.
Vorbei.
Sie kannte ihr Schicksal. Man hatte sie darauf vorbereitet, als sie sie anflehte. Trotzdem hatte

Eileen dieses Schicksal angenommen. Natürlich hatte sie die Wahl. Man hat immer eine Wahl. Aber sie hatte diese Variante der Zukunft gewählt.

Wäre sie an diesem Sonntag doch nicht allein zuhause gewesen. Alles wäre anders gekommen.

Aber so war ihr Schicksal besiegelt.

Eileen ging in Gedanken versunken zurück zu ihrer Unterkunft in einem anonymen Mietshaus in Berlin Kreuzberg. Hier fiel sie mit ihrem langen, schwarzen Umhang nicht auf. Nur ein weiterer Freak, der durch die Nacht stromerte.

Sie öffnete die Tür der Wohnung, die sie seit zwei Monaten als ihre Zuflucht betrachtete.

Zwei Monate.

Zwei volle Monate war es her, seit sich alles veränderte. Sie hatte alles verloren. Ihren Mann, ihre Tochter, ihre Freunde.

Eileen ging in die kleine, fensterlose Küche und kochte Wasser für eine Tasse Tee.

Fünfzehn hatte sie heute erledigt. Und drei gerettet.

Bald war es vorbei.

Wehmütig setzte sie sich vor den Fernseher und schaltete ihn ein. Es lief eine dieser unvermeidlichen Soaps. Sie achtete nicht darauf.

Eine Träne rann über ihre Wange, als sie an jenen 27. Juli zurückdachte, als alles begann.

Rückblende

Es war später Nachmittag, als sie von ihrer Gartenarbeit ins Haus kam. Das Unkraut wuchs aber auch in einer wahnsinnigen Geschwindigkeit, dass man gar nicht mit dem Jäten nachkam. Sie blickte sich noch einmal um und begutachtete ihr Werk.

Schmuck sah der kleine Garten wieder aus. Der Rasen war gemäht, die vertrockneten Blüten abgeschnitten und kein Unkraut verschandelte mehr das Gesamtbild eines sauberen, gepflegten Kleinstadtgartens.

Sie stellte ihre Gartenschuhe in den Flur und tapste auf nackten Sohlen durch den Flur in Richtung Badezimmer.

Bevor ihr Mann und ihre Tochter aus dem Kino heimkamen, wollte sie noch ausgiebig baden. Das Wasser rauschte in die Badewanne und der heiße Dampf begann die Scheiben des Fensters zu beschlagen.

Sie wusch sich die Gartenerde von ihren Händen und holte sich frische Wäsche aus dem Schrank.

Gerade wollte sie ihre grüne Bluse aufknöpfen, als das Geräusch zersplitternder Scheiben sie aufschrecken lies.

Zunächst dachte sie, eine ihrer Katzen hätte mal wieder eine Vase aus dem Regal gestoßen. Sie seufzte. Das war dann schon die Dritte in dieser Woche.

Doch dann hörte sie dieses laute Knurren. Das konnte keine Katze gewesen sein.

Vorsichtig öffnete sie die Badezimmertür. Auf der gegenüberliegenden Seite befand sich die Küche. Da die Küchentür offen stand, konnte sie mühelos hineinsehen.

Nichts.

Hier befand sich niemand.

Leise, um ja kein Geräusch zu verursachen, trat sie auf den Flur. Auch hier war niemand zu sehen. Eileen näherte sich vorsichtig der Wohnzimmertür.

Wieder hörte sie dieses grauenhafte Knurren, dass sie keiner Kreatur zuordnen konnte.

Warum war sie nicht einfach weggelaufen? Warum hatte sie unbedingt nachsehen müssen?

Noch heute war es ihr ein Rätsel.

Ihre Hand näherte sich dem Türgriff. Ein scharrendes Geräusch direkt hinter der Tür ließ sie innehalten.

Angst überfiel sie. Panische Angst.

Sie war nicht in der Lage auch nur einen Körperteil zu bewegen. Ihr Unbewusstes schrie förmlich, sie solle umdrehen und durch die Haustür am anderen Ende des Flures fliehen.

Warum hörte sie nicht auf ihre innere Stimme?

Alles wäre anders verlaufen. Sie würde jetzt nicht einsam und verlassen in dieser heruntergekommenen Wohnung sitzen, einen Teebeutel in ein Glas heißes Wasser halten und über die Vergangenheit nachdenken. Stattdessen säße sie vermutlich, chipsknabbernd und glücklich, mit ihrem Mann und ihrer Tochter vor dem Fernseher in ihrem gemütlichen Heim.

Aber sie öffnete die Wohnzimmertür.

Der Anblick, der sich ihr bot, war erschreckend und faszinierend zugleich.

Die große Glasscheibe des Wohnzimmerfensters lag in tausenden Stücken im ganzen Wohnzimmer verteilt. Das Sofa stand nun an einem völlig anderen Platz, ebenso der schwere Eichentisch. Die Fensterbank war vollkommen leergefegt und die Blumentöpfe waren im ganzen Zimmer verteilt.

Und plötzlich stand es vor ihr.

Ein Monster, das den schlimmsten Albträumen entsprungen schien.

Es überragte sie um Kopfeslänge. Sein heißer, stinkender Atem ließ sie erschaudern. Seine glühenden, gelben Augen blickten gierig auf sie herab.

Eileen gelang es endlich, sich wieder zu bewegen. Sie drehte sich um und versuchte, um Hilfe schreiend, die Haustür zu erreichen.

Aber sie hatte nicht den Hauch einer Chance.

Nach wenigen Schritten spürte sie, wie sich scharfe Krallen in ihren Rücken bohrten. Sie verlor das Gleichgewicht und stürzte.

Das letzte, an das sie sich erinnern konnte, war der Geifer, der dem Monster aus dem weit geöffneten Fang tropfte. Dann schwanden ihr die Sinne.

Rebecca stieg glücklich aus dem Auto. In letzter Minute hatte sie ihren Vater doch überreden können den Film "Mama Mia" anzusehen. Ausgerüstet mit Popcorn und Cola hatte sie einen wunderbaren Nachmittag verbracht. Schade nur, dass ihre Mutter nicht mit dabei war. Aber die wollte ja unbedingt den Garten in Ordnung bringen.

In diesem Augenblick sah sie ihre Freundin Mira aus dem Haus auf der anderen Straßenseite kommen. Aufgeregt winkte sie ihr zu.

"Papi, ich lauf schnell mal rüber zu Mira. Ich muss ihr unbedingt den neuen Manga zeigen, den du mir vorhin gekauft hast."

"Bleib aber nicht so lange. Es gibt gleich Abendessen."

"Bin gleich wieder da. Mira muss ja noch zu Max. Heute ist Sonntag. Da gibt sie ihm immer Mathe-Nachhilfe."

Rebecca lief zu ihrer Freundin und die beiden verschwanden im Haus.

Langsam schlenderte Dennis auf die Eingangstür zu und suchte den Hautürschlüssel in seiner Jackentasche. Er öffnete die Tür und erstarrte.

Am Ende des Flures, direkt hinter der geöffneten Wohnzimmertür, senkten sich die spitzen Zähne eines Windudämons gerade in den Hals seiner am Boden liegenden Frau.

Was er, Zaubermeister Dennis Issen, Vorsitzender des Hohen Rates, in seinen schlimmsten Albträumen nicht für möglich gehalten hatte, geschah in diesem Augenblick.

Ein Windu in seiner kleinen Stadt. Ein Windu in seinem eigenen Haus. Ein Windu, der dabei war, das Leben seiner geliebten Frau auszulöschen.

Dennis erwachte aus seiner Erstarrung und schleuderte dem Dämon all seine Magie entgegen, die er in seiner Wut und Verzweiflung aufbringen konnte.

Der Dämon wurde durch die Kraft, die ihn traf, quer durch das Wohnzimmer geschleudert und blieb leblos unter dem zerstörten Fenster liegen.

Dennis eilte zu Eileen. Blut quoll aus der tiefen Bisswunde am Hals. Er konnte die Blutung mit Hilfe seiner Magie schnell stoppen, war sich aber bewusst, dass dies nicht das einzige Problem war.

Der Windudämon hatte seine Frau nicht nur schwer verletzt, durch den Biss war sie höchst wahrscheinlich bereits von dem Virus befallen worden, der sie binnen kürzester Zeit selbst zu einem Dämon transformieren lassen würde.

Er wusste, dass es keine Hoffnung gab. Trotzdem hob er Eileen vorsichtig vom Boden, öffnete eine Passage durch die Campi, die alle Orte der Welt miteinander verbanden, zum geheimen Anwesen der Lichtwächter.

Lichtwächter

Er begab sich mit seiner Frau sofort zum Labor und legte Eileen auf eine der Untersuchungsliegen.

Dendrake, der gerade einige Versuche mit Dämonenblut durchführte, sah ihn erstaunt an.

"Dennis, was ist denn passiert? Warum bringst du deine Frau hierher? Sie ist keine von uns. Sie darf von unserer wahren Identität nichts wissen."

Dann fiel sein Blick auf den blutverschmierten Hals Eileens. Dendrake wurde kreidebleich.

"Windu?"

Dennis nickte nur. "Was passiert ist, erzähl ich dir später. Wir müssen schnellstens ihr Blut untersuchen. Vielleicht…"

Skeptisch sah Dendrake ihn an. Er wusste, dass die kleinste Schramme, die durch die spitzen Zähne eines Windudämonen verursacht wurde, unweigerlich zu einer Infizierung und damit zu einer Transformation führt.

Trotzdem staute er das Blut in Eileens linken Arm mit einem Gummiband, desinfizierte die Armbeuge, stach die dünne Kanüle der Spritze vorsichtig hinein und nahm ihr Blut ab.

Dendrake löste die Manschette und lief mit der Probe in das angrenzende Labor, gab einige Tropfen einer Indikatorflüssigkeit dazu, stellte die Probe in die Zentrifuge und schaltete sie ein.

Ein leises Surren erfüllte den Raum.

Nach wenigen Augenblicken färbte sich die Blutprobe pechschwarz.

Dennis, der Dendrake ins Labor gefolgt war, schloss verzweifelt die Augen.

Nun hatte er Gewissheit. Seine Frau war mit dem Winduvirus infiziert.

Sie war verloren.

Innerhalb weniger Stunden würde sie sich in einen Dämon verwandeln, der keinerlei Erinnerungen an seine menschliche Existenz mehr besaß.

Sie würde Jagd auf Menschen machen und selbst die eigene Familie nicht verschonen.

"Sie muss getötet werden, bevor sie zu einer Gefahr wird. Nur die Mächtigen könnten sie retten, aber Ihr wisst selbst, dass sie sich weigern in die Geschicke der Menschen einzugreifen." Dennis und Dendrake drehten sich zu Phil um, der zusammen mit Eva und Stephanie unbemerkt das Labor betreten hatte. "Dennis, du weißt, dass sie getötet werden muss."

Phil legte eine Hand tröstend auf Dennis Schulter. „Es tut mir so leid."

Langsam, wie in Trance, nickte Dennis. Er konnte die Tränen nicht mehr zurückhalten.

"Dann macht schnell, ich möchte nicht, dass sie leiden muss." Er ging langsam auf die Tür zum Nebenraum zu, die immer noch halb geöffnet war, um seiner Frau in ihren letzten Minuten beizustehen.

Seine Hand berührte den Türgriff und er öffnete die Tür vollends.

Zum zweiten Mal an diesem Tag blieb er wie versteinert stehen.

Die Liege, auf der sich vor wenigen Minuten noch der ohnmächtige Körper seiner Frau befunden hatte, war leer. Nur einige wenige Blutflecke zeugten davon, dass sie tatsächlich darauf gelegen hatte.

Die Glastür, durch die man in den weitläufigen Garten gelangen konnte, stand offen.

Phil drängte sich an Dennis vorbei in den Raum und stürmte in den Garten.

Von Eileen war weit und breit nichts zu sehen. Sie musste schon den nahen Wald erreicht haben, der das Grundstück umschloss. Eine Suche war sinnlos. Der Wald dehnte sich kilometerweit aus und sollten sie tatsächlich Glück haben und

Eileen finden, hätte sie sich zwischenzeitlich in einen gefährlichen Dämon verwandelt.

Dendrake legte tröstend eine Hand auf Dennis Schulter.

Eileen trank einen Schluck Tee. Mit Schaudern dachte sie an die Angst die sie ausgestanden hatte, als sie damals die Gespräche im Nebenzimmer gehört hatte, nachdem sie aus ihrer Ohnmacht erwacht war.

Sie würde sich also in eine dieser grässlichen Kreaturen verwandeln und nichts konnte den Prozess aufhalten. Dann erwähnte einer der Männer im Nebenraum irgendwelche Mächtigen, die helfen könnten, sich aber nie in die Belange der Menschen einmischten.

In Gedanken flehte sie diese Mächtigen an. Ihr gesamtes Bewusstsein schrie ihre Ängste heraus. Sie wollte kein Dämon werden, wollte sich nicht verwandeln. Unter keinen Umständen.

Als sie schon alle Hoffnung aufgegeben und aus dem Nebenraum vernommen hatte, dass man sie töten wollte, umfing ihr Bewusstsein plötzlich eine gleißend helle Aura.

Erst hörte sie ein Wispern. Dann konnte sie einzelne Stimmen unterscheiden.

"Du flehst uns an Dir zu helfen? Nun, wir werden es tun. Wir werden dafür sorgen, dass du kein Dämon wirst. Eine andere Verwandlung wird vorgenommen werden. Du wirst von uns mit großer Macht ausgestattet. Wie du diese Macht nutzt, liegt bei Dir. Wir werden Dir die möglichen Zukunftslinien zeigen. Du wählst, welche dann eintreffen wird."

Sie spürte eine unglaubliche Hitze in sich aufsteigen. Sie glaubte, verbrennen zu müssen. Jede Faser, jede Zelle ihres Körpers schien in Flammen aufgegangen zu sein. Und dann kamen die Bilder…

Es war grauenhaft.

Eileen nahm noch einen Schluck Tee, der mittlerweile abgekühlt war.

Sie hatte sich entschieden.

Im Nebenraum machte man sich bereit, sie zu töten.

Eileen wälzte sich von der Liege. An der gegenüberliegenden Seite des Zimmers befand sich eine Glastür, die in einen großen Garten führte.

Eileen öffnete sie und rannte, so schnell sie nur konnte, auf den Wald zu.

Sie hatte die ersten Bäume des dicht stehenden Gehölzes erreicht. Schnell versteckte sie sich hinter einem der Bäume und blickte zurück zum Anwesen.

Eine Gruppe Männer rannte in diesem Augenblick aus der offen stehenden Terrassentür.

Ihr Herz schlug wie wild.

Sie durfte nicht aufgehalten werden. Zu viel stand auf dem Spiel.

Erleichtert erkannte sie, dass die Männer sie nicht verfolgten, sondern mit ernsten Mienen zurück ins Haus gingen.

Eileen ging mit ihrer Tasse in die kleine Küche, spülte die Tasse und stellte sie in den winzigen Hängeschrank über der Spüle.

Sie würde morgen neuen Tee kaufen müssen, stellte sie nach einem Blick in den Schrank fest.

Eileen beschloss sich schlafen zu legen. Der morgige Tag würde wieder anstrengend werden. Sie hatte noch viel zu erledigen, bevor ihr Schicksal sich erfüllen sollte.

Jagd

Regen peitschte gegen die Scheiben des Schlafzimmerfensters, als Eileen am späten Nachmittag aufwachte. Gute Voraussetzungen für die Dämonenjagd. Sie würde wegen des Regens nicht so schnell von ihnen gewittert werden.

Nach einer ausgiebigen Dusche, zog Eileen ihre tiefschwarze Kleidung über, legte die Gesichtsmaske an und verließ das Haus.

Ihr Ziel war ein verlassener Schrottplatz.

Kein Laut war zu hören, als sie den Metallzaun überwand, der den Patz umgab.

Sie roch sie bereits jetzt. Es mussten mindestens fünf Windudämonen auf dem Gelände sein.

Die aufgestapelten Autowracks boten ihr gute Deckung. Langsam schlich sie auf das Zentrum des Schrottplatz mit der niedrigen Verwaltungsbaracke zu, immer bemüht, keine Geräusche zu verursachen.

Ein Zischen und Sirren erfüllte plötzlich die Luft. Ein Aufschrei, ein Stöhnen und dann das wohlbekannte Knurren der Windudämonen folgten.

Menschen waren offensichtlich von diesen Biestern in einen Hinterhalt gelockt worden.

Sie sah Energieblitze aus Richtung der Verwaltungsbaracke auf einen Stapel Schrottautos zuschießen. Für einen kurzen Augenblick wurde eine menschliche Silhouette hinter dem geöffneten Barackenfenster sichtbar.

Es waren also Magier, die hier gegen die Windus um ihr Leben kämpften.

Eileen überprüfte mit ihren Sinnen die Umgebung. Die Windus hatten einen Bannkreis um die Baracke gezogen. Mit menschlicher Magie war es nicht möglich einen Weg durch die Campi zu öffnen. Die Magier saßen in der Falle.

Hinter einem Stapel Altmetall entdeckte sie eine der Kreaturen. Sie war sich der leichten Beute in der Baracke offenbar so sicher, dass sie alle Vorsichtsmaßnahmen außer Acht gelassen hatte.

Eileen hatte ein leichtes Spiel.

Sie stahl sich vorsichtig hinter das Monster, ließ einen Magieball in ihrer rechten Hand entstehen und schleuderte ihn dem Monster entgegen.

Der Windu hatte keine Zeit zu reagieren, ja, er merkte nicht einmal, dass er getroffen wurde. Tot sank er zu Boden.

Eileen huschte weiter. Den zweiten, dritten und vierten Dämon konnte sie auf die gleiche Weise vernichten.

Nun war nur noch ein Untier übrig.

Das Wimmern im Innern der Baracke wurde lauter.

Eileen musste sich beeilen.

Da. Eine Bewegung neben einem der vordersten Schrottautos.

Ein Magieblitz wurde aus der Deckung des Autos auf die Baracke geschossen und riss ein großes klaffendes Loch in das Wellblech. Ein Angstschrei drang an ihre Ohren.

Eileen schlich näher an das Auto heran.

Der Windu hatte sie nicht bemerkt. Seines Sieges und der menschlichen Beute sicher, setzte er an, noch einen Magieblitz auf die Baracke zu schicken. Eileen kam ihm zuvor. Noch solch einen Treffer würde die Baracke wohl nicht aushalten und die Magier darin wären verloren.

Die Kugel an magischer Energie traf den Dämon, kurz bevor er sein Ziel anvisieren konnte und tötete ihn auf der Stelle.

"Es ist vorbei. Die Windus sind tot. Ist jemand von Euch verletzt?" Eileen trat hinter ihrer Deckung hervor.

"Wer sind Sie? Sind die Biester tatsächlich tot? Ja, Andrea hat´s böse erwischt." Kam es aus der Hütte.

Eileen beeilte sich in das halb zerstörte Innere zu kommen. Sie sah eine junge Frau, die ihre Hände auf eine große, blutende Bauchwunde gepresst hatte. Die Gewissheit, gleich sterben zu müssen, stand ihr ins Gesicht geschrieben.

Eileen kniete sich neben sie und legte eine Hand auf die bleiche Stirn der Verletzten, die andere Hand auf die blutverschmierten Hände der Frau. Dann konzentrierte sie sich. Alles um sie herum wurde unwichtig. Der einzige Gedanke war Heilung.

Die junge Frau spürte keinen Schmerz mehr. Erstaunt sah sie von Eileen zu ihrem Begleiter. Dann schloss sich langsam die Bauchwunde. Neue Haut bildete sich und nur die blutverschmierte, zerfetzte Kleidung zeugte von der schrecklichen Verwundung.

"Du musst Deine Begleiterin von hier wegbringen. Sie hat viel Blut verloren und ist noch sehr schwach. Der Bann um die Baracke existiert nicht mehr. Ich öffne einen Weg durch die Campi. Schnell. Einer Eurer Ärzte muss sie weiter versorgen."

"Danke." Verwirrt und dankbar hielt der Mann Eileen seine Hand entgegen. "Wer bist du?"

Eileen zögerte. Sie durfte Identität nicht preisgeben.

"Das ist egal. Du musst dich beeilen. Deine Begleiterin muss ärztlich versorgt werden."

Sie öffnete ein Portal für die Magier, drehte sich um und verschwand hinter einem Stapel Schrottautos.

Das war ja heute schnell erledigt. Sie beschloss bei Luigi einzukehren und ihre geliebte Spaghetti Bolognese al Forno zu bestellen. Luigi war ein wahrer Künstler, was die Zubereitung von Pasta betraf. Außerdem hatte sein Lokal kleine Nischen, in denen man unbeobachtet war.

Eileen öffnete die Lokaltür und schob den dunkelroten Samtvorhang zur Seite, der Gäste vor Zugluft schützen sollte.

Sofort bemerkte sie, dass etwas anders war als sonst.

Das Lokal war vollkommen menschenleer. Kein Gast, kein Kellner war zu sehen und auch Luigi stand nicht hinter seinem Tresen.

Eileens Sinne waren sofort allarmiert.

Langsam näherte sie sich der ersten Nische.

Vorsichtig blickte sie hinein.

Leer.

Auf dem kleinen Tisch sah sie einen Teller mit Salat und eine halb aufgegessene Pizza.

Eileen berührte den Pizzateller. Er war noch warm.

Was immer mit dem Gast geschehen war, es konnte noch nicht allzu lange her sein.

Sie ging zur nächsten Nische.

Auch hier war niemand. Nur halb aufgegessene Speisen befanden sich auf den Tellern.

In jeder Nische bot sich ihr das gleiche Bild. Was war hier nur geschehen?

Sie ging weiter in Richtung Küche und blieb plötzlich stehen.

Der Geruch, der aus der Küche drang, war nicht der von gebackener Pizza oder gebratenem Fleisch. Es war ein Geruch, den sie seit zwei Monaten nur zu gut kannte. Windudämonen. Hier hatten Windudämonen ihr Unwesen getrieben.

Vorsichtig öffnete Eileen die Pendeltür zur Küche. Das, was sie dann sah, ließ ihr das Blut in den Adern gefrieren.

An der Längsseite der Küche, dort auf der langen Arbeitsfläche, wo Luigi sonst seine Pizza belegte, türmten sich Leichenteile, tropfte Blut auf den gekachelten Boden und lief in unzähligen Rinnsalen zum Abfluss in der Mitte des Raumes.

Sie musste würgen. Sie musste hier weg.

Eileen lief durch die Küche, immer bedacht, nicht in eine der Blutlachen zu treten, die in großer Zahl den Boden bedeckten und verließ den Ort des Grauens durch den Hinterausgang.

Der Appetit war ihr vergangen.

In ihrem Unterschlupf angekommen, stand sie noch lange Zeit am Fenster ihres Wohnzimmers und blickte nachdenklich in die Dunkelheit.

Sie hatte die richtige Entscheidung getroffen. Nie war sie so sicher, wie in diesem Augenblick. Und die Zeit war nah, dem allen ein Ende zu bereiten.

Eileen zuckte erschrocken zusammen, als es an der Tür klopfte. Sie erwartete niemanden. Sie hatte mit niemandem Freundschaft geschlossen und dieses anonyme Mietshaus als Unterschlupf gewählt, weil sie hier sicher sein konnte von keinem der Nachbarn angesprochen zu werden.

Das Klopfen wurde immer lauter und fordernder. Seufzend ging Eileen zur Tür.

„Was wollen Sie? Ich lasse um diese Zeit niemanden mehr herein." Sie wollte schon umdrehen und in ihr Wohnzimmer zurückkehren, als sie eine ihr bekannte Stimme hörte.

„Mach auf. Wir müssen mit Dir reden."

Dennis. Es war Dennis. Eileens Herz klopfte wie wild vor Freude und Überraschung. Ihr Mann stand vor der Tür. Und er wollte mit ihr reden.

Doch dann verdunkelten sich ihre Gedanken. Dennis und die anderen Mitglieder seiner Gemeinschaft hielten sie für einen Dämon. Der Besuch konnte also nichts Erfreuliches bedeuten.

Eileen zog ihren Umhang, die Handschuhe und die Gesichtsmaske über und öffnete die Wohnungstür. Vor ihr standen ihr Ehemann und noch zwei andere Männer, die sie noch nie zuvor gesehen hatte. Die drei drängten sich an ihr vorbei in die Wohnung.

„Was wollt ihr?" Eileen blickte Dennis direkt in die Augen. Wie gerne würde sie ihn in die Arme schließen, aber der feindselige Gesichtsausdruck der drei Männer hielt sie davon ab.

„Wir sind auf dem Schrottplatz angekommen, als Du gerade gehen wolltest. Wir sind Dir gefolgt. Der Hohe Rat fordert Dich auf vor ihm zu erscheinen. Wir werden Dich jetzt magisch fesseln und dann dort hinbringen. Wir sind zu dritt. Es hat also keinen Zweck, Widerstand zu leisten."

Hinter ihrer Gesichtsmaske musste Eileen, trotz ihrer Trauer, dass sie von ihrem Mann offensichtlich gehasst wurde, schmunzeln. Ihre Gegenüber waren zu dritt. Trotzdem hätte sie sie ohne Probleme besiegen können.

Doch sie wollte diese Menschen nicht verletzen. Zudem war die Zeit gekommen, ihren Auftrag zu erfüllen. Sie spürte es deutlich.

Eileen ließ sich also Fesseln anlegen und folgte den Männern durch die Campi in eine große holzgetäfelte Halle.

Sie sah sich um. Außer ihnen befanden sich noch andere Personen hier, die sie alle feindselig anstarrten. Niemand sprach ein Wort.

Nach wenigen Augenblicken öffnete sich eine Tür an der Stirnseite der Halle und sie wurde in einen Saal geführt, der an einen großen alten Gerichtssaal erinnerte.

Ihr gegenüber saßen, hinter langen Eichentischen, zwölf in schwarze Gewänder gehüllte Personen. Sie schienen alle sehr alt zu sein.

Man führte Sie in die Mitte des Raumes. Sie spürte, dass sich der Raum hinter ihr mit Leuten füllte.

„Nehmt ihr die Fesseln ab. Es sind genügend Magier hier, die sie bewachen können." Einer der schwarz gekleideten Männer erhob sich von seinem Platz und sah sie an, während Dennis ihr die magischen Fesseln abnahm.

„Schlag bitte die Kapuze zurück und entferne die Maske, damit wir Dein Gesicht sehen können."

„Das werde ich nicht tun. Es ist noch nicht an der Zeit", erwiderte Eileen.

Ein ungläubiges Murmeln ging durch den Raum. Man hatte offensichtlich nicht erwartet, dass sie sich den Anweisungen widersetzen würde. Sie bemerkte, dass einer ihrer Bewacher an sie herantrat. Offensichtlich wollte er ihr das Gesicht mit Gewalt entblößen.

„Halt! Lasst sie." Eine alte Frau am Ende der Tischreihe hatte ihre Hand erhoben. Und zu Eileen gewandt: „Zunächst einmal will ich hier die bekannten Tatsachen aufzählen. Du bist Eileen.

Die Frau von Dennis. Vor zwei Monaten wurdest Du von einem Windudämon gebissen, hast Dich dann selbst in einen Windudämon verwandelt und bist seither auf der Flucht."

Schicksal

Offenbar erwartete sie nur eine einfache Zustimmung zu ihren Ausführungen. Mit Erstaunen vernahm sie und die übrigen Anwesenden dann, dass ein „Nein, nicht so ganz." in einem festen Tonfall von Eileen kam.

„Was meinst Du mit: Nicht so ganz? Du bist gebissen worden. Du hast dich verwandelt und du warst auf der Flucht. Was stimmt daran nicht?" Fragend blickte sie Eileen an.

„Nun, ich bin in der Tat gebissen worden. Ich war auf der Flucht. Ich habe mich verwandelt. Das ist alles richtig. Aber ich habe mich nicht in einen Windudämon verwandelt."

„Das ist unmöglich." Eine männliche Stimme vom anderen Ende des Raumes schrie zu ihr herüber.

„Jeder, der von einem Windu gebissen wurde, wird auch eins von den Biestern. Meine Frau und meine Kinder wurden auch…" Die Stimme des Mannes versagte.

„Es ist möglich. Aber sie haben noch niemals…" Die alte Frau sah Eileen entgeistert an. Dann wandte sie sich zu ihrem Nebenmann. „Erinnerst

Du Dich? Erinnerst Du Dich an die Prophezeiung, die wir damals so beeindruckend fanden?"

„Wie kann ich sie jemals vergessen. Wir mussten damals zur Strafe 100 Prophezeiungen abschreiben. An die Eine werde ich mich immer erinnern." Er konnte ein Lachen nicht unterdrücken, als er an den Schabernack dachte, für den sie beide vor mehr als 70 Jahren diese sehr umfangreiche Strafe bekommen hatten. „Ich erinnere mich noch an jedes Wort:

In fernen Zeiten wird eine kommen, erheben wird sie sich aus dem eigenen Dunkel aufsteigen wird sie in die lichtesten Höhen des Seins.

Geschmäht, gejagt und gehasst von den Ihren, wird sie sich opfern für sie, denn sie liebt sie mehr als ihr eigenes Leben."

Stille. Niemand wagte zu sprechen. Immer wieder sahen die im Raum Anwesenden abwechselnd zu den beiden alten Magiern und zu Eileen.

„Willst Du uns jetzt dein Gesicht zeigen? Bitte." Die alte Frau sprach in einem sanften Ton zu ihr. Sie schien zu verstehen. Also streifte Eileen zunächst ihre schwarzen Handschuhe ab, löste die Halterung der Gesichtsmaske und streifte sie zusammen mit der Kapuze herunter.

Ein Aufschrei ging durch den Raum.

Vor ihnen stand eine Frau mit leuchtendem, fast durchsichtigem Körper. Das lange, strahlendweiße Haar berührte fast den Boden.

„Was ist mit Dir geschehen? Mein Gott, was ist aus Dir geworden?" Dennis konnte sich nicht mehr zurückhalten, lief zu seiner Frau und schloss sie fest in seine Arme.

„Der Dämon hatte mich infiziert. Als Du mich zur Untersuchung gebracht hast, wurde im Nebenraum davon gesprochen, dass nur die Mächtigen mir helfen können. Nun, ich wusste nichts von diesen Mächtigen. Trotzdem habe ich sie angerufen sie angefleht mir zu helfen. Und sie haben mir tatsächlich geantwortet. Sie haben mir angeboten dafür zu sorgen, dass ich mich nicht in einen Dämon verwandele. Stattdessen würden sie mich mit großer Macht ausstatten. Danach zeigten sie mir drei alternative Zeitlinien. Sie ließen mir die Wahl zu entscheiden, welche Zukunft Wirklichkeit wird.

Es existiert ein Riss zwischen den Dimensionen, durch den die Dämonen zu uns kommen. Heute Nacht wird er zu einem permanenten, weiten Durchgang.

Ich habe nun folgende Alternativen vorgestellt bekommen, zwischen denen ich wählen durfte.

In der ersten Alternative tue ich nichts. Die Dämonen werden wie die Heuschrecken über die

Erde herfallen und alles Leben, auch mich, vernichten.

In der zweiten Alternative nutze ich meine Macht und begebe mich in eine andere, friedliche Dimension und überlasse Euch Eurem Schicksal.

In der dritten Alternative begebe ich mich in den Riss, verschließe und versiegele ihn von innen und lasse ihn, mit Hilfe meiner Magie, implodieren. Ihr wärt vor der Vernichtung gerettet."

Dennis sah sie mit Tränen in den Augen an, als sie fortfuhr: „Ich habe nicht einen Augenblick gezögert, die dritte Alternative zu wählen. Nun ist es Zeit für mich zu gehen."

Sie küsste ihren Mann zärtlich, öffnete einen Weg durch die Campi und ging hindurch, ohne sich noch einmal umzusehen.

Eine Woche war vergangen. Eine Woche, in der kein Dämonenangriff mehr vorgekommen war. Eine Woche, in der Dennis und Rebecca sich gegenseitig ob des großen Verlustes trösteten.

Heute sollte im großen Saal der Gemeinschaft eine Gedenkveranstaltung für Eileen stattfinden.

Magier aus allen Ländern waren erschienen, um ihr die Ehre zu erweisen.

Der Saal war mit Menschen gefüllt, wie schon seit langer Zeit nicht mehr.

Rebecca stand mit ihrem Vater neben einer Statue ihrer Mutter, die noch mit einem großen Laken bedeckt war. Die ersten Reden waren bereits vorgetragen worden und man war soweit, die Statue feierlich zu enthüllen.

Ein kleiner Magier betrat gerade das Rednerpodest, als es geschah.

Ein gleißender Blitz erhellte die Halle. Eine Gestalt in fließende Gewänder gehüllt, trat aus dem Leuchten, das dem Blitz folgte.

Mit einem Schlag war das Leuchten verschwunden und die anwesenden Magier versuchten krampfhaft ihre Augen wieder an das normale Licht zu gewöhnen.

Die Gestalt schritt bedächtig auf die Statue zu, hob langsam das Laken, blickte darunter und eine freundliche, weibliche Stimme fragte: „Dennis, sei ehrlich. Hab ich wirklich so starke Hüften?"

„Mutti!" Rebecca lief auf die Gestalt zu, die sie liebevoll in ihre Arme schloss.

„Eileen? Du lebst?" Auch Dennis war auf sie zugelaufen und umarmte seine verloren geglaubte Frau stürmisch.

„Was ist geschehen. Wir haben alle gedacht...."
Eileen legte einen ihrer Finger auf seinen Mund um seinen Redeschwall zu stoppen.

„Und ihr hattet Recht. Diese Implosion kann kein Mensch überleben. Ich bin gestorben. Aber die Mächtigen haben mir eine besondere Aufgabe gegeben. Ich bin eine Seelenbegleiterin. Ich führe die Seelen zu ihrem letzten Bestimmungsort."

„Dann… Dann wirst Du uns wieder verlassen?"
Dennis konnte seine Tränen nicht mehr zurückhalten.

„Du brauchst Dir keine Sorgen machen. Mir ist
gestattet worden so lange bei Dir zu bleiben, bis
ich auch Deine Seele auf ihrer letzten Reise be-
gleite. So lange darf ich mit Euch zusammenleben. Kommt lasst uns heimgehen."

Eileen öffnete für sich, Dennis und Rebecca ein
Portal und führte sie heim.

Als Dennis Zeit gekommen war, ging er ohne
Furcht seinen letzten Weg, begleitet von seiner
Eileen.

Schlag auf Schlag

London

Die Holztäfelung und die Teppiche des Pubs verbreiteten eine gemütliche Atmosphäre. An den Wänden hingen Schals und Banner des Manchester United Football Club.

Nazar Tisizov saß auf einem Barhocker am Tresen und blickte nervös auf seine Uhr. Vor zehn Minuten hätte sein Kontaktmann eintreffen sollen. Er winkte dem Kellner und bestellte noch einen Wodka. Es war der vierte. Augenblicke später stand das klare, kalte Getränk vor ihm.

„Sie sollten nicht so viel trinken."

Nazar zuckte zusammen. „Sie hätten schon viel früher hier sein sollen", entgegnete er.

„Der Verkehr. In London gibt es kein Durchkommen. Nun zum Geschäft. Steht der Deal? Die Hälfte des Geldes ist vereinbarungsgemäß hier."

„Setzen sie sich. Wir müssen noch einiges abklären."

Dorney Lake

Eine leichte Brise wehte über dem Dorney Lake und nur einige Schäfchenwolken tummelten sich am ansonsten blauen Himmel. Elf Uhr. Gleich würde es losgehen.

Die Boote lagen ruhig im Wasser und konzentriert wartete der Deutschlandachter auf das Starsignal. Monatelang hatten sie sich auf diesen Augenblick vorbereitet. Olympia 2012 in Großbritannien.

Ihnen war die linke äußere Bahn zugeteilt worden. Neben ihnen Kanada, die Australier und die Niederlande. Es würde ein hartes Rennen werden. Deutschland und Kanada galten als Favoriten. Christoph Kleine, der Schlagmann, schwor die Mannschaft noch einmal ein, alles zu geben.

„Wir werden gewinnen, wenn jeder Alles gibt. Ab der 1000 Metermarke sollen die anderen nur noch unser Heck sehen. Los, Jungs Hauen wir rein!"

Das Startsignal ertönte.

„Und zieh! Und zieh!", kam es vom Schlagmann und in dem von ihm vorgegebenen Rhythmus tauchten die Ruder ins Wasser. Vom Start weg, wollten sie das Rennen kontrollieren und gleich Druck machen. Die Startphase glückte sehr gut. Nach 300 Metern lagen sie gleichauf mit den

Niederlanden, dicht gefolgt von den Kanadiern. Die Australier lagen eine halbe Bootslänge hinter ihnen.

Wieder und wieder durchstießen die Ruder gleichmäßig die Wasseroberfläche und brachten die Boote auf eine Geschwindigkeit von annähernd 20 Stundenkilometern.

„Und zieh! Und zieh!" Wieder und Wieder erfolgte die Anweisung Kleines. Er konzentrierte sich voll auf das Rennen. Aus den Augenwinkeln bemerkte er aber, dass die anderen Boote leicht zurückfielen. Jetzt nur nicht nachlassen.

Die 1000 Metermarke, die Hälfte der Regattastrecke, war erreicht. Der Deutschlandachter lag in Führung.

Kleine wollte gerade wieder seine Anweisung herausschreien, als das Boot plötzlich durchgerüttelt wurde, einen leichten Satz im Wasser machte und dann nach rechts ausbrach. Der Steuermann hatte keine Kontrolle mehr. Mit voller Wucht prallten sie gegen die Kanadier, die ihrerseits das Niederländische Boot rammten. Lediglich die Australier, die mittlerweile eine volle Bootslänge abgeschlagen waren, konnten der Karambolage ausweichen.

Die Besatzungen der drei übrigen Boote fanden sich, nach Luft schnappend, im Wasser wieder.

Ein Aufschrei ging durch die Zuschauermenge. So etwas hatte es noch nicht gegeben. Blitzlichter flammten auf und Reporter sprachen aufgeregt in Richtung ihrer Kameras.

Schnell liefen die Offiziellen zum Ufer des künstlichen Sees, um die zum Land schwimmenden Athleten zu empfangen.

Kleine rief den Niederländern, die wie versteinert in ihrem Boot saßen zu, dass ein Gegenstand gerammt worden wäre. Umständlich drehte das niederländische Boot und hielt auf die Bahn der Deutschen zu. Kleine sah, dass der niederländische Schlagmann ins Wasser griff und die übrigen Ruderer anschließend langsam auf das Ufer zuhielten. Er konnte nicht erkennen, was der Niederländer da gepackt hatte.

Schnell schwamm er, wie die anderen gekenterten Athleten zum Ufer, wo ihnen schon Hände entgegengestreckt wurden, die sie aus dem Wasser zogen. An Land wurden den tropfnassen Sportlern Decken gereicht.

Gespannt beobachten Zuschauer und Athleten das niederländische Boot, das sich langsam dem Ufer näherte. Der niederländische Schlagmann, der eine Hand immer noch über den Süllrand des Bootes hielt, war kreidebleich. Seine Mannschaftskollegen ruderten langsam und vorsichtig. Alle wirkten erschüttert.

Und das, was vom niederländischen Schlagmann dann ans Ufer gereicht wurde, ließ auch die übrigen Athleten und Offiziellen erbleichen. Schnell legte man eine Decke über die tropfnasse Gestalt, die leblos im Gras lag.

„Ein Arzt! Holt doch jemand einen Arzt!" Aufgeregt sah Klein in die Runde. Endlich sah er den Mannschaftsarzt der Kanadier auf das Ufer zulaufen.

„Was ist passiert? Hat sich jemand verletzt?" Der Kanadier hatte nur den Zusammenstoß gesehen, nicht aber, wie es dazu gekommen war.

„Kommen sie! Schnell!" Kleine zeigte auf die bedeckte Gestalt.

Der Mediziner kniete sich neben den Körper und hob die Decke leicht an. Sekunden später ließ er sie wieder zurück fallen.

„Die Polizei muss verständigt werden." Er flüsterte fast.

„Ist schon unterwegs." Ein Mitarbeiter des Olympischen Komitees hielt sein Handy in die Höhe und zu den mittlerweile zahlreichen Sicherheitskräften gewandt: „Sorgen sie dafür, dass die Meute da nicht zu nahe kommt."

Eine Gruppe Journalisten rannte mit gezückten Kameras und Aufnahmegeräten auf sie zu, wurden aber, wie angewiesen, zurückgehalten.

„Und jetzt? Was machen wir jetzt?" fragte ein niederländischer Betreuer, dem die Tränen in den Augen standen.

„Die Polizei sagte, wir sollen nichts anrühren und alle hier bleiben. Sie werden so schnell wie möglich bei uns sein."

Dankbar nahm Kleine den Becher mit heißem Tee entgegen. Er zitterte leicht. Die deutschen Ruderer standen etwas abseits und konnten nicht erkennen, um wen es sich bei dem Toten handelte.

Scottland Yard

Chiefinspektor Horatio Holmes saß in seinem Büro und schaute sich die Judowettkämpfe an. Er war ein begeisterter Fan der Kampfsportart und lies keine Berichterstattung darüber aus.

„Horatio." Inspektor Berrent betrat sein Büro. „Hast du die Akte vom Bankraub letzten Donnerstag hier? Hey. Was siehst du dir denn an?"

Berrent trat hinter Holmes.

„Judo. Ich liebe diese Sport. Bin seit zehn Jahren in nem Verein, aber zu Wettkämpfen reicht es nicht. Aber, was diese Jungs hier gerade abliefern, das ist einfach traumhaft."

„Aha. Judo. Ist nichts für mich. Ich bin Fußballfan. Machester City. Ich hab sogar Dauerkarten für mich und meinen Sohn. Wir sind bei jedem Heimspiel da. Und auch bei einigen Auswärtsspielen."

Holmes wollte gerade seine Meinung zu Fußball äußern, als das Telefon auf seinem Schreibtisch klingelte. Er stellte den Ton des Fernsehers leiser.

„Holmes. Ja, ich verstehe. Gut, bin sofort unten.“ Holmes seufzte und schaltete das Fernsehgerät aus.

„Eine Leiche am Dorney Lake. Während eines Ruderwettkampfes haben sie da eine Leiche gefunden. Ich muss sofort los. Die anderen sind schon unten im Fahrzeug.“

Bedauernd schaute er noch einmal in Richtung Fernseher und verließ dann zusammen mit seinem Kollegen das Büro.

Dorney Lake

Kleine hatte seinen Tee noch nicht vollständig getrunken, als die Beamten auch schon bei ihnen standen.

„Ich bin Chiefinspektor Horatio Holmes von Scottland Yard. Und nein, ich bin nicht mit Sherlock verwandt.“ Offensichtlich gebrauchte er diese Begrüßung und Erklärung oft, denn sie kam ihm flüssig von den Lippen. „Wo ist die Leiche?“

Der kanadische Arzt zeigte auf die Decke, unter der sich ein menschlicher Körper abzeichnete.

„Dr. Watson, was haben wir hier?“ Holmes sah die Anwesenden streng an, so dass niemand auch nur auf die Idee kam nachzufragen oder zu schmunzeln.

Der Gerichtsmediziner begann sofort mit seiner Arbeit und kniete sich neben die Leiche.

„Sie", Holmes zeigte auf den immer noch vor Kälte und Anspannung zitternden Kleine. „Kommen Sie mit. Und kann mir bitte jemand einen Tee bringen?"

Er entfernte sich mit Kleine einige Meter von den anderen, zückte Notizblock und Kugelschreiber und sah Kleine an. „Wer sind Sie und was ist hier genau geschehen?"

„Mein Name ist Christoph Kleine und ich bin Schlagmann des deutschen Achters. Was geschehen ist? Wir sind ungefähr bei Meter 1000 gegen diesen Mann da gekracht. Wir waren mit fast 20 Stundenkilometer Geschwindigkeit unterwegs. Wir… Ich hab ihn nicht gesehen. Alles war wie immer, bei einer Regatta. Was hat der Kerl im Wasser zu suchen? Ich…" Kleine versagte die Stimme. Er war fest davon überzeugt, dass der Mann durch den Zusammenstoß mit dem Boot ums Leben gekommen war.

„Sie kennen den Mann?" Holmes blickte von seinem Schreibblock auf.

„Keine Ahnung. Ich hab sein Gesicht nicht gesehen. Man hat ihn sofort abgedeckt, nachdem man ihn an Land gezogen hatte", antwortete Kleine.

„Kommen Sie mit." Holmes und Kleine traten zum Gerichtsmediziner, der die Leiche untersuchte. Kleine warf einen kurzen Blick auf das geschundene Gesicht des Toten, schüttelte den Kopf und wandte sich schnell ab.

„Nein, ich kenne ihn nicht."

Holmes nahm einen Becher Tee entgegen, der ihm von einem seiner Beamten gereicht wurde.

„Ist ihnen irgendetwas aufgefallen? War etwas anders als sonst?", setzte Holmes die Befragung fort.

„Mir ist nichts aufgefallen. Und anders? Wir sind hier bei den Olympischen Spielen. Wir haben uns auf den Wettkampf konzentriert. Wie soll uns da was aufgefallen sein?"

„Jetzt beruhigen Sie sich erst einmal. Sie haben das Opfer also erst gesehen, als Sie mit ihm kollidierten?", fragte Holmes nach.

„Nein! Ich habe ihn erst gesehen, als er an Land gebracht wurde. Ich dachte, dass irgendein Idiot einen Baumstamm ins Wasser geschmissen hat. Dass ein Mensch im Wasser war... Ich hab ihn nicht gesehen. Die Wasseroberfläche vor uns war vollständig glatt."

„Danke. Sie können jetzt zu den anderen. Aber halten Sie sich bereit. Möglicherweise habe ich noch weitere Fragen."

Kleine entfernte sich und Dr. Watson trat auf Holmes zu.

„Diesmal keine dummen Sprüche gekommen, Holmes?"

„Nein. Die meisten da sind Ausländer. Entweder sie haben bei der Vorstellung nichts verstanden oder sie kennen Holmes und Watson nicht. Egal. Was können Sie mir über die Leiche sagen?" Holmes schlug eine neue Seite in seinem Notizblock auf.

„Der Tote ist männlich, cirka 20 Jahre alt, etwa einen Meter siebzig groß und 90 Kilo schwer. Er weist auf der Gesichtsseite eine tiefe Wunde auf, die vom Nasenrücken bis dicht unter den Haaransatz reicht. Sein Schädel ist durch einen scharfen Gegenstand tief gespalten und Teile seines Gehirns finden sich in der Wunde."

„Also ist er durch den Zusammenstoß gestorben?"

„Nein. Ich habe zwei Einschusslöcher im Nacken des Opfers entdeckt. Da wollte jemand ganz sicher sein. Sie können also von einem Tötungsdelikt ausgehen. Was den Todeszeitpunkt betrifft… Der Tod trat wischen 20 Uhr gestern und 2 Uhr heute Morgen ein. Genaueres kann ich erst nach der Obduktion sagen. Ich bin hier erst einmal fertig. Die Kriminaltechniker können übernehmen. Ich melde mich dann, wenn ich die Ergebnisse habe."

„Danke Doktor. Bill!" Holmes wandte sich einem schmächtigen Mann zu, der mit zwei schwarzen Koffern in einigen Metern Entfernung stand. „Du kannst anfangen."

Holmes stand neben dem Kriminaltechniker, als dieser die Leiche untersuchte. Sie bot wirklich keinen schönen Anblick. Das Gesicht war fast vollständig zerstört, die Kleidung, sie bestand aus einem dunklen Trainingsanzug, war vollkommen mit Nässe durchzogen. Socken und Schuhe trug er nicht. Um seinen Bauch war ein Hanfseil gebunden, dessen Ende nach dreißig Zentimetern ausgefranst auf dem Boden lag.

„Sieht so aus, als wenn der Mann mit einem schweren Gegenstand am Boden des Sees fixiert wurde. Als das Boot ihn rammte, ist das Seil gerissen. Ich werde Taucher anfordern, die den Grund des Sees absuchen."

Vorsichtig öffnete der Techniker den Reißverschluss der Trainingsjacke. Der Tote trug ein weißes, kurzärmliges Hemd. Darunter lag ein durchweichter Brustbeutel aus Kunststoff. Wieder und wieder klickte die Kamera des Technikers, mit der er jeden seiner Schritte dokumentierte. Er reichte Holmes, der mittlerweile dünne Handschuhe übergestreift hatte, den Beutel. Horatio öffnete ihn vorsichtig und entnahm einen Reisepass. Der Tote war ein gewisser Dmytriy Shkerepa aus der Ukraine. Außer dem Pass befanden sich noch 50 englische Pfund und das Bild einer jungen Frau im Brustbeutel. Bill reichte dem Chiefinspekor einen in Folie eingeschweißten Ausweis, den er ebenfalls unter dem Hemd gefunden hatte. „Das ist ein Ukrainischer Athlet. Mist! Das gibt ne Menge Ärger."

„Und so wie es aussieht, hat die Presse auch schon Wind davon gekriegt." Holmes zeigte auf die Journalisten, die aufgeregt in ihre Mikrofone sprachen. „Wenigstens haben die Offiziellen hier dafür gesorgt, dass die Zuschauer weggeschickt wurden. Bei der Arbeit von 30000 Leuten beobachtet zu werden, ist auch nicht angenehm. Ihr seht euch hier noch weiter um. Ich fürchte zwar, dass die vielen Menschen, die hier herumgetrampelt sind, alle Spuren vernichtet haben, aber vielleicht findet ihr noch etwas. Ich werde ins Olympische Dorf fahren und die Mannschaft befragen. Wenn Ihr mit der Leiche fertig seid, kann sie in die Gerichtsmedizin gebracht werden."

Gerichtsmedizin

Dr. Watson wollte gerade in sein Sandwich beißen, als man den leblosen Körper des Athleten zu ihm in die Gerichtsmedizin brachte. Da der Fall für öffentliches Aufsehen sorgen würde, begann Watson gleich mit der Arbeit. Er ließ den Leichnam entkleiden und waschen. Die Kleidung wurde verpackt, beschriftet und in die Kriminaltechnik gebracht.

Dann begann Watson mit der äußeren Besichtigung der Leiche.

Wie schon am Dorney Lake festgestellt, handelte es sich um eine männliche Leiche von einen Meter siebzig Länge und einem Gewicht von 91 Kilo. Der hatte einen ausgezeichneten Ernährungszustand. Narben, Tätowierungen und Pigmentflecken waren nicht vorhanden. Anhand der Totenflecken legte er die Todeszeit auf den Zeitraum zwischen 22 Uhr gestern und 1 Uhr heute Morgen fest.

Nun wandte sich Watson den Kopfwunden zu. Auf der Vorderseite des Kopfes konnte eine tiefe Wunde festgestellt werden, die vom Nasenrücken bis dicht unter den Haaransatz reicht. Hier sind auch Teile der Gehirnmasse ausgetreten. Im Nackenbereich des Toten befanden sich zwei dicht beieinander liegende Einschusswunden. Weitere Wunden konnten nicht festgestellt werden.

Watson beschloss, den Chiefinspektor vorab über den Todeszeitpunkt zu informieren, weil es für seine Ermittlungen erheblich sein könnte.

Olympisches Dorf

Die 53 Kilometer zum sechs Hektar umfassenden Areal des Olympischen Dorfes in London Stansted stellten Holmes und seine Kollegen vor eine Geduldsprobe. Der Verkehr war mörderisch und sie kamen nur sehr langsam voran. Es schien, als ob die halbe Welt auf Englands Straßen unterwegs wäre. Der gepflegte Park, der das Dorf mit einigen der Sportstätten verbindet, entschädigte sie aber für die Mühe.

Die Unterkünfte der 16.000 Athleten und Teammitglieder befinden sich in achtstöckigen Wohnblocks. Jedes Appartement hat einen Balkon oder eine Terrasse. Das gesamte Areal ist mit hohen Zäunen und viel Stacheldraht gut gesichert.

Die Beamten konnten das Dorf erst betreten, nachdem ihre Ausweise durch Sicherheitskräfte überprüft wurden. Sicherheit wurde hier groß geschrieben. Holmes bemerkte, dass außer den Mitarbeitern einer Sicherheitsfirma, auch Militärangehörige für Olympia Dienst taten.

Vorbei an Fitnesscenter, Kino, Supermarkt, Postfiliale, Internetcafés, und einem Krankenhaus, gelangten sie mit ihren zwei Fahrzeugen zur Unterkunft der Ukrainer.

Es herrschte reges Treiben in der Vorhalle. Überall an den Wänden waren Sporttaschen abgestellt worden. Offensichtlich hatten die Athleten vor, die Trainingsstätten zu besuchen.

Holmes hatte Anweisung gegeben, dass sich das gesamte Ringerteam bereithalten sollte. Wie es schien, waren aber nicht nur die Ringer in der Vorhalle versammelt, sondern auch etliche Athleten anderer Sportarten. So blickten ihn viele Augen fragend an, als er die Halle betrat.

Nazar Tisizov, der Trainer der Ringer, stürmte aufgebracht auf ihn zu.

„Was ist hier los? Warum dürfen meine Männer das Haus nicht verlassen? Sie müssen zum Training!" fragte er mit stark ausgeprägtem ausländischen Akzent.

„Bleiben Sie ruhig. Es ist in unser aller Interesse, wenn die Angelegenheit so schnell wie möglich geklärt wird. Ich bin Chiefinspektor Horatio Holmes von Scottland Yard." Holmes zückte seinen Notizblock und den Kugelschreiber. „Wer sind Sie?"

„Ich bin Nazar Tisizov. Trainer der Ringermannschaft", blaffte dieser ihn an. „Was gibt es denn so wichtiges, dass wir hier wie Verbrecher festgehalten werden?"

„Niemand hält Sie wie Verbrecher fest. Wir ermitteln in einem Tötungsdelikt", antwortete Holmes ganz gelassen. Er hatte nicht vor, sich von diesem Mann aus der Ruhe bringen zu lassen.

Ein Raunen ging durch die versammelte Menge, als die Sportler, die die englische Sprache beherrschten, ihren Kollegen Holmes Worte übersetzten.

„Tötungsdelikt? Wer ist tot?", fragte einer der Sportler in fast akzentfreiem Englisch.

„Ihr Teamkollege Dmytriy Shkerepa ist ermordet aufgefunden worden." Holmes blickte in fassungslose Gesichter. „Meine Kollegen und ich werden Sie jetzt einzeln befragen. Wenn Sie kooperativ sind, können Sie schnell wieder mit Ihrem Training beginnen. Ah, die Dolmetscher sind auch schon da." Holmes sah, dass vier Damen die Eingangshalle betreten und nickte ihnen zur Begrüßung zu. „Dann können wir anfangen. Mr. Tisizov, kommen Sie bitte gleich mit mir."

Holmes betrat mit dem Trainer einen Gemeinschaftsraum auf der Stirnseite des Gebäudes.

Der Raum war mit einer Sitzgruppe, einem Tisch und mehreren Stühlen ausgestattet. Die Fenster reichten bis zum Boden und man konnte von dort aus bequem auf eine große Terrasse gelangen. Der Raum war hell tapeziert und einige Bilder britischer Sehenswürdigkeiten schmückten die Wände.

Alles in allem gemütlich, fand Holmes. Sie setzten sich.

„Mr. Tisizov. Wann haben Sie Dmytriy Shkerepa zuletzt gesehen?"

„Gestern beim Abendessen. So gegen 18 Uhr. Aber was ist denn geschehen. Dmytriy ist tot? Wie ist das passiert? Und wieso Tötungsdelikt?"

„Dmytriy Shkerepa ist heute im Dorney Lake tot aufgefunden worden."

„Dorney Lake? Ist das hier auf dem Gelände?" Tisizov sah Holmes fragend an.

„Nein, das ist etwa 50 Kilometer entfernt. Nach dem Abendessen haben Sie ihn nicht mehr gesehen?"

„Ich bin nach dem Abendessen mit dem Bus in die Innenstadt gefahren. Ein wenig Sightseeing, bevor die Wettkämpfe für uns anfangen, Sie verstehen? Ich war erst gegen 22 Uhr wieder hier und bin danach sofort in mein Quartier gegangen. Gesehen hab ich niemanden mehr. Um diese Zeit sollen ja auch alle auf ihren Zimmern sein. Wir sind hier nicht zur Erholung, wir wollen Wettkämpfe gewinnen."

„Nun, Dmytriy Shkerepa war eindeutig nicht auf seinem Zimmer. Um diese Uhrzeit war er schon tot. Mit wem teilte er sich ein Zimmer?"

„Das ist Egor Bekeshkin. Oh, mein Gott. Dmytriy ist tot. Ich kann es immer noch nicht fassen. Er war Favorit in seiner Gewichtsklasse. Die Goldmedaille war ihm so gut wie sicher."

„Sie kennen Ihre Männer. Hatte Shkerepa Feinde? Hat er sich in letzter Zeit ungewöhnlich verhalten?"

„Feinde? Kann ich mir nicht vorstellen. Konkurrenten, ja. Jeder hier will eine Medaille gewinnen. Aber Feinde? Dmytriy war bei allen beliebt und immer hilfsbereit. Er wollte direkt nach den Spielen heiraten. Er war so glücklich." Tisizov seufzte. „Wie… Wie ist er denn ermordet worden? Sie sagten, er ist in einem See gefunden worden? Hat man ihn ertränkt?"

„Nein, er ist erschossen und danach erst dorthin gebracht worden."

„Erschossen? Das ist ja furchtbar!"

„Fällt Ihnen sonst noch etwas ein, was uns weiterhelfen könnte?"

„Tut mir leid, nein", antwortete der Trainer.

„Hier ist meine Karte. Rufen Sie mich an, wenn Sie doch noch Informationen haben sollten." Holmes griff in seine Brusttasche und überreichte eine Visitenkarte.

Tisizov und Holmes verließen das Zimmer als Holmes Handy klingelte. „Holmes. Ah, Doktor." Der Chiefinspektor lauschte seinem Gesprächsparter. Von Zeit zu Zeit machte er sich Notizen. „Also zwischen 22 Uhr gestern und 1 Uhr heute morgen. Zwei aufgesetzte Schüsse in den Nacken. Danke für die rasche Information. Ihren vollständigen Bericht schicken Sie mir dann zu. Ja, Ihnen auch einen schönen Tag." Er legte auf.

„Mr. Bekeshkin? Kommen Sie bitte." Der Angesprochene, ein schlanker, relativ kleiner Mann mit dunklem, kurzem Haar, folgte Holmes in den Raum.

„Mr. Bekeshkin. Sie haben ja gehört, dass Ihr Mitbewohner einem Mord zum Opfer gefallen ist. Wann haben lie ihn zum letzten Mal gesehen?"

„Das war gestern beim Abendessen. Er hatte sich beeilt, weil er noch nach London wollte. Das ist zwar nicht gestattet, aber er wollte seiner Verlobten ein Geschenk kaufen. Wenn man will, kommt man auch hier ungesehen rein und raus", antwortete Bekeshkin in gebrochenem Englisch.

„Ist Ihnen bekannt, ob Shkerepa Feinde hatte? Hatte er irgendwelche Probleme?"

„Ich kann mir wirklich nicht vorstellen, dass jemand ihm etwas antun sollte. Alle mochten ihn. Ich sollte sein Trauzeuge werden. Arme Sophia. Weiß sie schon bescheid? Dmytriy hat in den letzten Tagen oft mit ihr telefoniert. Ist immer auf den Balkon rausgegangen zum Telefonieren. Jetzt, wo ich darüber nachdenke… Er wirkte in den letzten zwei Tagen irgendwie bedrückt. Nicht mehr so fröhlich wie sonst. Naja, wir stehen hier alle unter ziemlichen Druck. Besonders Dmytriy und ich. Wir sind in unseren Gewichtsklassen die Favoriten. Ich hatte gedacht, dass er nur sehr konzentriert ist."

„Zeigen Sie mir bitte Ihr Zimmer, Mr. Bekeshkin." Holmes verstaute seinen Notizblock in der Innentasche seines schwarzen Jackets und folgte dem Athleten aus dem Raum zum nahe gelegenen Fahrstuhl.

Das Zimmer des Ermordeten und seines Zimmergenossen lag in der siebten Etage. Es war mit zwei Betten, zwei Nachttischen, einer Couch und seinem Tisch relativ spartanisch eingerichtet. Das Bad war klein, aber ausreichend.

„Haben Sie die Telefonnummer von Mr. Shkerepas Verlobten?"

„Die hab ich. Moment." Bekeshkin holte ein kleines, schwarzes Notizbuch aus der Nachttischschublade und notierte die Telefonnummer. „Ihr Name ist Sophia Lebedeva. Sie ist Fremdsprachenkorrespondentin und spricht ausgezeichnet Englisch."

„Danke, Mr. Bekeshkin, Sie können jetzt gehen. Wenn ich noch Fragen habe, werde ich Sie rufen lassen."

Bekeshkin verließ den Raum.

Holmes sah sich noch einmal in Ruhe im Zimmer um. Neben jedem Bett stand eine gefüllte Sporttasche. Die Kleidung der Sportler war in zwei eingebauten Kleiderschränken untergebracht. Holmes untersuchte die Besitztümer des Toten. Nichts. Nichts, was ihm weiterhelfen könnte. Holmes öffnete die Balkontür und trat heraus.

Der Anblick, der sich ihm bot, war überwältigend. Der Balkon lag zur Hofseite des Gebäudes. Es war sehr ruhig.

Holmes griff in seine Jackettasche und stopfte sich seine Pfeife. Er hatte nun die unangenehme Aufgabe, der Verlobten des Opfers von dessen Tod zu berichten. Zum Glück würde er keinen

Dolmetscher brauchen. Das erleichterte die Sache ungemein.

Anruf in die Ukraine

Seufzend nahm er sein Handy und wählte Sophia Lebedevas Nummer. Nach einigen Sekunden wurde abgenommen.

„Привіт?", hörte er vom anderen Ende der Leitung.

„Miss Lebedevas? Sophia Lebedevas?"

„Ja, am Apparat", hörte Holmes in einwandfreiem Englisch.

„Miss Lebedevas. Mein Name ist Horatio Holmes von Scottland Yard. Ich muss Ihnen eine traurige Mitteilung machen. Ihr Verlobter, Mr. Shkerepas, ist ermordet worden."

Am anderen Ende der Leitung herrschte Stille. Holmes glaubte schon, dass die Leitung zusammengebrochen war, als er ein leises Schluchzen hörte.

„Ermordet? Dmytriy? Aber… Aber, wie kann das sein? Wer hat ihn… Wie…" Sophia versagte die Stimme.

„Wir sind noch mitten in den Ermittlungen. Miss Lebedevas, Mr. Bekeshkin erzählte, dass Ihr Verlobter Sie mehrfach in den letzten Tagen angerufen hat. Dabei hat er dafür gesorgt, dass niemand das Gespräch mitverfolgen konnte. Können Sie mir sagen, um was es in den Gesprächen ging?"

Zunächst hörte Holmes nichts, dann ein Seufzen.

„Also gut. Dmytriy hatte mich zwar gebeten, niemandem auch nur ein Sterbenswörtchen zu erzählen, aber ich denke, Sie brauchen die Informationen."

Holmes klemmte das Handy unter sein Kinn und schlug den Notizblock auf.

„Dmytriy hatte Angst. Wahnsinnige Angst. Vor zwei Tagen hat ihn sein Trainer, dieser Tisizov, aufgefordert, gleich in der Vorrunde gegen den Russen Artjom Niwokov zu verlieren. Können Sie sich das vorstellen? Dmytriy lebte für seinen Sport. Ringen war sein Leben. Er hat natürlich entrüstet abgelehnt. Gestern früh sprach ihn der Trainer noch einmal darauf an. Er hat ihm auch gedroht, dass er aus dem Team fliegen würde. Dmytriy lachte ihn aus. Er war der Titelaspirant. Der Favorit in seiner Gewichtsklasse. Tisizov soll wutentbrannt das Zimmer verlassen und ihm zugerufen haben, dass er das noch bereuen würde." Sophia hatte sich in Rage geredet.

Holmes horchte auf. „Er hat ihm gedroht?"

„Ja. Und Dmytriy hat diese Drohung sehr ernst genommen. Wissen Sie, Tisizov ist nicht der nette Mensch für den er sich immer ausgibt. Er ist brutal. Und er ist korrupt. So ist er auch an seinen Trainerposten gekommen. Es gab andere

Bewerber, die besser dafür geeignet waren. Aber plötzlich hatten sie einen tödlichen Unfall, waren verschwunden oder haben ihre Bewerbung ohne Begründung zurückgezogen. Überprüfen Sie Tisizov. Dieser Kerl steckt bestimmt hinter dieser Sache."

„Danke für die Informationen, Miss Lebedevas. Ich werde Sie informieren, sobald wir näheres wissen. Ich möchte Ihnen mein zutiefst empfundenes Beileid zu Ihrem tragischen Verlust aussprechen."

„Ich danke Ihnen, Mr. Holmes. Entschuldigen Sie, wenn ich frage, aber sind Sie…"

„Ich weiß, was Sie fragen wollen", schnitt Holmes ihr das Wort ab. „Nein. Ich habe mit dem Romandetektiv nichts zu tun."

„Natürlich. Wie dumm von mir. Ich erwarte Ihren Anruf, Chiefinspektor."

„Auf Wiederhören, Miss Lebedevas." Holmes legte auf und entzündete seine Pfeife. Er liebte es, seinen Gedanken nachzuhängen und dabei eine mit Cherry Blend Tabak gestopfte Pfeife zu rauchen. Also hatte Tisizov Shkerepas zu einem Betrug drängen wollen. Und als sich dieser nicht darauf einließ, bedrohte er ihn. Und ihm gegenüber tat Tisizov so vollkommen harmlos.

Holmes wählte erneut.

Das Verhör

„Bill, bring mir bitte den Trainer, Mr. Tisizov in Shkerepas Zimmer. Und halte Dich dann vor der Tür bereit." Holmes lauschte auf die Antwort seines Kollegen. „Wird ich Dir nachher erzählen. Möglicherweise haben wir den Fall gleich geklärt." Er legte auf. Während er wartete, rief er seinen Chef in Scottland Yard an und schilderte den Fall und die bisherigen Erkenntnisse. „Sir, ich brauche so schnell wie möglich einen Durchsuchungsbeschluss. Vielleicht können Sie da etwas beschleunigen. Danke, Sir."

Er hatte gerade aufgelegt, als sich die Tür öffnete und Tisizov herein trat.

„Sie wollten mich sprechen, Chiefinspektor? Gibt es Neuigkeiten?"

„Die gibt es in der Tat, Mr. Tisizov. Bitte setzen Sie sich doch. Mr. Tisizov, wie ich erfahren habe, sollen Sie Mr. Shkerepas aufgefordert haben, einen Wettkampf absichtlich zu verlieren."

Tisizov, der sich gerade auf eines der Betten gesetzt hatte, sprang entrüstet auf.

„Wie können Sie es wagen. Diese Unterstellung ist eine bodenlose Frechheit. Ich werde mich über Sie beschweren." Mit schnellen Schritten ging er zur Tür und öffnete sie. Doch ein davor stehender Beamter verweigerte ihm den Durchgang.

„Setzen Sie sich, Mr. Tisizov", forderte Holmes ihn auf.

Widerstrebend schloss der Trainer die Tür, ging zum Bett zurück und setzte sich langsam.

„Sie bestreiten also, dass Sie versucht haben, Mr. Shkerepas zum Betrug zu verleiten?"

„Das bestreite ich ganz massiv. Wer behauptet so etwas? Das ist eine Ungeheuerlichkeit", schrie der Trainer Holmes an.

Es klopfte. Ein Beamter betrat das Zimmer und überreichte Holmes einen dünnen, braunen Umschlag.

Holmes öffnete ihn, überflog schnell den Text der beiden darin befindenden Seiten und lächelte.

„Nun, Mr. Tisizov, dann haben Sie doch bestimmt nichts dagegen, wenn wir uns etwas in Ihrem Zimmer umsehen."

„Natürlich habe ich etwas dagegen. Das ist ein massiver Einbruch in meine Privatsphäre. Das muss ich mir nicht bieten lassen." Tisizovs Gesicht war vor Wut hochrot angelaufen. „Ich bin Gast in Ihrem Land, kein dahergelaufener Verbrecher."

„Ich fürchte, Sie können uns einen Zutritt zu Ihrem Zimmer nicht verweigern. Ich habe hier einen richterlichen Durchsuchungsbeschluss. Der gibt uns das Recht, Ihre Privatsphäre zu brechen." Holmes reichte dem Trainer, dessen Gesichtsfarbe von tiefrot zu aschfahl gewechselt hatte, eines der Schreiben, die er gerade gelesen hatte.

„Das ist… Das…", stammelte Tisizov.

„Das ist ein Durchsuchungsbeschluss. Richtig. Wir werden jetzt in Ihr Zimmer gehen." Holmes erhob sich und ging zur Tür. Der Trainer folgte ihm schwankend.

„Miller, die Kriminaltechniker sollen schon einmal das Zimmer von Mr. Tisizov durchsuchen. Hier ist der richterliche Beschluss. Und bringen Sie bitte ein Glas Wasser für Mr. Tisizov. Es sieht so aus, als wenn ihm übel wäre. Mir bringen Sie bitte einen Tee, wenn es Ihnen nichts ausmacht." Der Beamte eilte davon und war wenige Augenblicke später mit dem Wasser und einem Becher Tee zurück. Holmes sah ihn verwundert an.

„Um die Ecke stehen mehrere Thermoskannen mit Tee. Der war schon fertig."

Holmes nippte an seinem Becher und verzog sein Gesicht. „Das ist Kräutertee. Und auch noch süß. Wollen Sie mich umbringen?"

„Ich… Ich besorge sofort frisch aufgebrühten englischen Tee", beeilte sich der Beamte zu sagen. In Sachen Tee schien der Chiefinspektor keinen Spaß zu verstehen.

Holmes und der Trainer warteten schweigend, bis der Beamte nach einigen Minuten mit einem

Becher dampfenden Tees zurückgekehrt war. Tisizov hatte sein Wasser nicht angerührt.

Als er laute Stimmen hörte, sah Holmes auf. Vor der Tür der ukrainischen Unterkunft hatte sich eine große Traube Journalisten eingefunden, die laut Einlass und Informationen forderten.

Den Beamten gelang es nur mit Mühe, sie zurück zu halten.

„Ah. Der ist besser." Genüsslich nahm Holmes einen großen Schluck seines Lieblingsgetränks und danach sein Handy zur Hand.

„Sir, entschuldigen Sie, dass ich noch einmal störe. vor dem Gebäude, in dem die Ukrainer untergebracht sind, hat sich ein Pulk Reporter versammelt. Kann ich ihnen mitteilen, dass wir heute Abend eine Pressekonferenz abhalten werden? Vielleicht sind wir sie dann los." Er lauschte seinem Chef. „Ja, gut. Pressekonferenz um 20 Uhr. Danke, Sir." Holmes steckte sein Handy ein.

„Tom!" Er rief einen der Beamten zu sich. „Geh bitte raus und sag der Meute, dass um 20 Uhr eine Pressekonferenz im Scottland Yard stattfinden wird. Hier bekommen sie keine Infos. Und sorgt bitte dafür, dass niemand von denen ins Haus kommt. Ich verlass mich auf Euch."

Und zum Trainer gewandt: „So, mein Lieber. Dann wollen wir einmal hoch in Ihr Zimmer."

Tisiov zuckte zusammen.

Sie fuhren in die vierte Etage. Bereits auf dem Flur kam ihnen ein Kriminaltechniker entgegen.

„Chiefinspektor. Ich wollte Sie grade holen. Wir haben da etwas gefunden."

Er begleitete die beiden zum Zimmer, dessen Tür weit offen stand. Das Zimmer war fast genauso eingerichtet, wie das der beiden Athleten. Allerdings befand sich nur ein einziges Bett darin. Darauf hatte man eine schwarze Sporttasche gestellt. Holmes trat näher. Unter einem Trainingsanzug, der beiseite geschoben war, sah man einige Bündel Geldscheine.

Geständnis

„Na, was haben wir denn da? Können Sie mir erklären, woher das Geld stammt?" Holmes drehte sich zum Trainer um, der noch immer wie versteinert an der Tür stand.

„Ich wollte ihn nicht umbringen. Wirklich nicht. Warum hat er nicht einfach auf mich gehört und den Wettkampf verloren. Er war doch noch jung. Er hätte noch so viele Medaillen gewinnen können", schluchzte Tisiov.

„Jetzt setzen Sie sich und erzählen mir alles ganz genau." Holmes zeigte auf einen Sessel, er selbst setzte sich auf die Kante des Bettes.

„Vor zwei Tagen hat mich Michail Fjodorow, er betreut das russische Ringerteam, ins InterContinental bestellt. Er meinte, er hätte mir einen Vorschlag zu machen, den ich nicht ablehnen könne. Ich bin also zum Hotel gefahren. Er hat mich zum Mittagessen eingeladen und mich reich bewirtet. Und dann kam er zur Sache. Sein Ringer, Artjom Niwokov, müsse unbedingt den Wettkampf gewinnen. Und er bot mir 100000 US Dollar, wenn mein Kämpfer freiwillig verliert. Natürlich sollte es nach einem regulären Sieg aussehen. 100000 Dollar. Können Sie sich vorstellen, was ich damit in meiner Heimat anfangen kann?

Ich bin sofort ins Olympische Dorf zurück und habe Dmytriy auf mein Zimmer bestellt. Lange habe ich auf ihn eingeredet. Er wollte ja demnächst heiraten. Da braucht man Geld. Ich habe ihm Geld geboten. Viel Geld für so einen jungen Menschen. Aber er hat abgelehnt. Einfach so. Hat nicht einmal darüber nachgedacht. Gestern Abend dann habe ich mich wieder mit Fjodorow getroffen. Diesmal in einem Pub. Ich habe ihm erklärt, dass sich Dmytriy weigert, auf den Handel einzugehen. Darauf meinte Fjodorow, dass Dmytriy ausgeschaltet werden müsse. Wenn er nicht am Wettkampf teilnehmen würde, hätte sein Ringer gewonnen. Ich solle mir etwas überlegen. Außerdem würde Dmytriy jetzt ein Risiko sein, weil er von den Plänen wüsste. Er gab mir eine Pistole mit Schalldämpfer, die Tasche mit der Hälfte der ausgemachten Summe und verließ wortlos den Pub.

Ich bin ins Olympische Dorf zurück. Bevor ich an der Sicherheitssperre ankam, sah ich Dmytriy. Er versuchte sich aufs Gelände zu schleichen. Ich machte mich bemerkbar und er kam schuldbewusst auf mich zu. Ich redete auf ihn ein, den Wettkampf doch zu verlieren. Als er sich immer noch weigerte, sind bei mir alle Sicherungen durchgebrannt. Ich schlug ihm das Paket, das er in der Hand hielt, offenbar ein Geschenk für seine Verlobte, aus der Hand. Als er sich danach bückte, zog ich die Waffe und schoss ihm zwei Mal in den Nacken. Durch den Schalldämpfer hat niemand etwas mitbekommen. Dann rief ich Fjodorow an und berichtete ihm, was vorgefallen war.

Er sagte, ich solle in mein Zimmer gehen. Er würde sich um alles kümmern.

Also bin ich ins Dorf. Niemand begegnete mir. Ich schloss mich in mein Zimmer ein, aber an Schlafen war nicht zu denken. Ich dachte, dass man mich jeden Augenblick verhaften würde.

Als aber bis zum Morgen nichts geschah, ging ich zum Frühstück, als wenn nichts gewesen wäre.

Während des Frühstücks kam Egor zu mir und berichtete, dass Dmytriy die ganze Nacht nicht im Zimmer gewesen sei und auch jetzt nicht zum Frühstück erschienen ist. Er sei sehr besorgt. Ich beruhigte ihn. Ich sagte, dass er wegen der Sicherheitsmaßnahmen wohl nicht aufs Gelände kommen konnte. Er würde wohl beim Training wieder zu uns stoßen.

Und dann kamen Sie und berichteten, dass man ihn 50 Kilometer weiter in einem See gefunden hat. Das ist alles, was ich sagen kann. Ich weiß nicht, was mich zu so einer Tat getrieben hat."

Tisiov schien erleichtert, sich nun alles von der Seele geredet zu haben.

„Mr. Tisiov, ich nehme Sie wegen des Mordes an Dmytriy Shkerepa fest." Und zu den zwei Beamten an der Tür: „Bringt ihn weg. Jetzt müssen wir noch zu Michail Fjodorow."

Holmes telefonierte noch einmal mit seinem Chef. Wieder bat er ihn sich dafür einzusetzen, dass ein Richter schnell einen Durchsuchungsbeschluss erstellte.

Nach einer Stunde hielt er ihn in Händen.

Die Unterkunft der russischen Athleten glich dem des ukrainischen Teams.

Die Beamten betraten die Eingangshalle und ließen sich von einem Sportler Michail Fjodorow zeigen.

Mit den Vorwürfen konfrontiert, bestritt dieser zunächst.

„Mr. Fjodorow. Ich habe eine Aussage und ein Geständnis von Mr. Tisiov, dem Trainer der ukrainischen Ringer. Außerdem liegt mir ein Durchsuchungsbeschluss vor. Wollen wir doch einmal sehen, was wir in Ihren Räumen so alles finden werden."

Fjodorow protestierte, aber es nutze nichts. Holmes betrat mit einigen Kollegen das Zimmer des russischen Trainers.

Im Wandschrank, unter einem Berg Wäsche versteckt, fanden sie eine Tasche mit dem gleichen Geldbetrag, wie er auch in Tisiovs Zimmer gefunden wurde.

„Nun, Mr. Fjodorow, wie wollen Sie aus dieser Sache wieder herauskommen?" Holmes zeigte auf die Tasche mit dem Geld.

„Ich… Das ist alles nur Tisiovs Schuld. Hätte er seine Leute besser im Griff, wäre das alles nicht nötig gewesen. Hier bei uns wäre das nicht möglich gewesen. Was ich sage ist Gesetz. Das wird, ohne zu hinterfragen, gemacht. Was hat er sich da nur für eine Truppe großgezogen? Aber geschossen habe ich nicht. Das war Tisiov. Damit habe ich nichts zu tun. Ich habe nur hinterher den Müll beseitigt."

„Sie haben Mr. Tisiov die Waffe gegeben. Und dazu noch die Anweisung, dass er damit die „Angelegenheit" aus der Welt schaffen soll. Sie sind genauso ein Mittäter an dem Mord, wie ihr ukrainischer Kollege." Horatio Holmes zückte die Handschellen und legte sie Fjodorow an.

Dorney Lake

Zwei Tage später stand erneut die Vorrunde im Rudern der Achter mit Steuermann an.

Es wimmelte nur so vor Journalisten, die Begierig darauf warteten, dass einer der Teilnehmer wegen der Ereignisse am Samstag vielleicht doch die Nerven verlieren würde.

Die Zuschauerränge waren, wie bei ihrem ersten Versuch, voll besetzt. Die Menge jubelte den Athleten zu, als sie in ihre Boote stiegen.

Das siebzehn Meter lange Boot des Deutschen Teams lag wieder auf der linken Startposition. Trotz der Aufregungen der letzten Tage waren alle hochkonzentriert. Das Boot war repariert worden und die deutsche Mannschaft war sich sicher, dass nichts mehr sie aufhalten konnte.

Das Startsignal ertönte.

„Und zieh! Und zieh!" Rhythmisch tauchen die Ruder ins Wasser und beschleunigten die Boote. Wie beim ersten Versuch gelang es dem deutschen Team schon früh die Führung zu übernehmen, dicht gefolgt von den Kanadiern und den Niederländern, die diesmal einen besseren Start hingelegt hatten.

Bei der 1000 Metermarke erschauderte Klein kurz. Er dachte an den ermordeten ukrainischen Athleten. Doch er ließ sich nicht erschüttern.

„Und zieh! Und zieh!" Kraftvoll gab er seine Anweisungen und der Deutschlandachter schien nur so über das Wasser des Dorney Lake zu fliegen.

Mit einer halben Bootslänge Vorsprung gingen sie über die Ziellinie. Das Finale am 1. August war sicher. Und auch dort würden sie Alles geben. Da war sich Kleine ganz sicher.

Von der Zuschauertribüne hatten sich auch Chiefinspektor Holmes und Dr. Watson das Rennen angesehen und unterhielten sich nun über den abgeschlossenen Fall.

„Holmes, was sagen sie zu den Abgründen, die sich da vor uns aufgetan haben?"

„Nun, wie Sir Arthur Conan Doyle meinem Namensvetter so treffend in den Mund legte: "Das Leben ist unendlich viel seltsamer als irgendetwas, das der menschliche Geist erfinden könnte. Wir würden nicht wagen, die Dinge auszudenken, die in Wirklichkeit bloße Selbstverständlichkeiten unseres Lebens sind.""

Korrekturbutton

Der Tyrannosaurus Rex stand seinem Opfer gegenüber. Nichts konnte den Saltasaurus mehr retten. Das Tier war verletzt. Blut rann aus einer großen Fleischwunde am linken Hinterbein auf das satte Grün zu seinen Füßen. Todesmutig wandte er sich seinem Feind entgegen. Doch der Tyrannosaurus Rex wartete ab.

Er hatte Zeit. Der Blutverlust würde sein Opfer dahinraffen und er musste nicht unnötig Energie aufwenden, um ihn zu töten.

Doch die Mahlzeit sollte ihm versagt bleiben.

Im Asteroidengürten des Sonnensystems waren zwei riesige Asteroiden aufeinander geprallt und hatten sich gegenseitig zerschmettert. Bruchstücke dieser Asteroiden rasten auf die inneren Planeten zu. Eines dieser Bruchstücke, mit einem Durchmesser von zehn Kilometern, erreichte den Planeten Erde.

Einer zweiten Sonne gleich jagte der riesige, glühende Meteorit durch die Atmosphäre und schlug hinter der nahen Hügelgruppe ein.

Eine gewaltige Explosion vernichtete sofort alles Leben in weitem Umkreis. Auch die beiden Dinosaurier wurden nicht verschont.

Die Explosion schleuderte gewaltige Mengen Staub in die Atmosphäre und verdunkelte den Himmel für lange Zeit.

Die meisten Lebewesen hatten keine Chance, diese Katastrophe und ihre Folgen zu überleben.

Nachdem der Himmel sich wieder geklärt hatte, übernahmen Säugetiere die Herrschaft über das Land. Jahrmillionen herrschte ein Gleichgewicht zwischen den Arten.

Dann aber tauchte der Mensch auf.

Er vermehrte sich, machte sich Land, Wasser, Tier- und Pflanzenwelt Untertan und veränderte den Planeten in kürzester Zeit.

Tier- und Pflanzenarten wurden ausgerottet, Wasser, Luft und Erde verseucht.

Die Menschen schickten sich an das Weltall zu erobern, als…

„Hab ich dir nicht gesagt, dass du am Weltengenerator nichts zu suchen hast? Ab in dein Zimmer! Was hast du da nur wieder angestellt? Oje, der schöne Planet!"

„Aber Mutti. Die Dinosaurier waren so langweilig. Mit den Menschen ist es viel interessanter."

„Menschen! Schau nur, was sie aus dem Planeten gemacht haben. Ich sagte du sollst auf dein Zimmer!"

Seufzend setzte sich die Mutter vor den Weltengenerator. Mit flinken Fingern gab sie Befehle ein und drückte schließlich zufrieden den Korrektur-button.

Eine andere Szene war auf dem Monitor vor ihr zu sehen. Keine zerstörte Natur mehr.

Der Tyrannosaurus Rex stand seinem Opfer gegenüber. Nichts konnte den Saltasaurus mehr retten. Das Tier war verletzt. Blut rann aus einer großen Fleischwunde am linken Hinterbein auf das satte Grün zu seinen Füßen. Todesmutig wandte er sich seinem Feind entgegen. Doch der Tyrannosaurus Rex wartete ab.

Er hatte Zeit. Der Blutverlust würde sein Opfer dahinraffen und er musste nicht unnötig Energie aufwenden, um ihn zu töten …

Ein ganz normaler Tag

Sabine beeilte sich das Büro zu verlassen. Es war zwölf Uhr, ihr Halbtagsjob beendet und sie musste sich beeilen, ihren Sohn Lars aus dem Kindergarten zu holen.

Na toll! Die Ampel an der Baustelle war rot. Also warten!

Sabine ließ den bisherigen Tag Revue passieren.

Aufgestanden um halb sechs, geduscht, angezogen, Make-up aufgelegt, Zeitung reingeholt, Frühstück und Pausenbrote für ihren Mann und die beiden Kinder zubereitet. Küsschen für den Mann und Clarissa, ihre Tochter, die mit dem Bus zur Schule fahren würde. Tisch abgedeckt, Spülmaschine eingeräumt, Müll in die Mülltonne gebracht und Betten gemacht. Dann Lars angezogen, ihn frühstücken lassen, ins Auto gestürmt und ihn im Kindergarten abgeliefert. Gerade noch pünktlich im Büro erschienen.

Die Ampel schaltete auf grün. Also weiter!

Natürlich war vor dem Kindergarten kein Parkplatz frei, und sie musste ihr Auto in einer Nebenstraße abstellen.

Im Kindergarten wurde sie von der Gruppenleiterin mit bösen Blicken empfangen. Die anderen Kinder hätten schon längst Mittagsschlaf halten sollen, aber sie müsse ja auf Lars aufpassen.

Also eine Entschuldigung für die Verspätung gerufen, Lars geschnappt und wieder ab ins Auto.

Die Ampel stand erneut auf Rot, also wieder warten und den quengelnden Lars beruhigen. Er saß einfach nicht still.

Die Ampel wechselte auf grün und weiter ging's zum Supermarkt.

Lars in den Einkaufswagen gehoben, durch die Gänge gestürmt, Waren eingepackt und an der Kasse angestellt.

Mein Gott, warum war es um diese Zeit so voll? Warum konnten Rentner nicht vormittags einkaufen gehen? Nur sehr langsam ging es weiter. Die Dame vor ihr – 250 Gramm Brot und ein winziges Tütchen Wurst – kramte in der Geldbörse nach Kleingeld, stellte fest, dass ihr Münzgeld nicht reichte und übergab der Kassiererin einen Zehneuroschein.

Endlich war Sabine an der Reihe.

Ware aufs Transportband gelegt, Lars den Lolly wieder abgenommen, den er aus dem Süßwarenregal neben der Kasse genommen hatte, sein Brüllen und die verständnislosen Blicke der Rentner ignoriert, Ware bezahlt, in den Einkaufswagen geräumt und ab zum Auto. Einkäufe in Tüten verstaut und im Kofferraum deponiert.

Lars hatte sich noch nicht beruhigt und wurde, trotz lautstarkem Protest, in den Kindersitz gesetzt und angeschnallt.

Weiter ging's nach Hause.

Einkaufstaschen ausgeladen, zusammen mit Lars ins Haus gebracht, Post aus dem Briefkasten genommen, Grießbrei gekocht, zusammen mit dem Sohn gegessen und ihn für den Mittagsschlaf hingelegt.

Zurück in die Küche, Spülmaschine eingeräumt und angestellt.

Wäsche sortiert, Waschmaschine gestartet, Wasser in Putzeimer gefüllt, Fenster in Küche, Bad, Wohnzimmer, Schlafzimmer und Clarissas Zimmer geputzt. Das Fenster in Lars Zimmer würde bis nach dem Mittagsschlaf warten müssen.

Wasser in Wischeimer gefüllt, Flur, Küche und Bad geputzt. Im Badezimmer alles gereinigt, zurück in die Küche und hier Schränke und Arbeitsfläche abgewischt, dann die Spülmaschine ausgeräumt.

Lars war aufgewacht.

Also in seinem Zimmer Fenster geputzt, Staubsauger aus der Kammer geholt, Wohnzimmer und beide Kinderzimmer gesaugt.

Halb vier! Sabine fluchte.

Gewaschene Wäsche in den Trockner gepackt und eine neue Maschine gestartet.

Ab in die Küche, Gemüse in kleine Stücke geschnitten, Hackfleisch angebraten, Gemüse, klein geschnittene Zwiebeln, Knoblauch und Tomatenpüree dazu, köcheln lassen.

Auflaufform aus Schrank geholt, abwechselnd Lasagneblätter und Bolognesesoße hinein, Béchamelsoße und Käse darüber.

Post durchgesehen, am PC Rechnungen bezahlt.

Clarissa war wieder da. Ihr ein Getränk hingestellt, Hausaufgabenheft durchgesehen, Clarissa in ihr Zimmer bugsiert, damit sie ihre Hausaufgaben machte, zurück zu Lars, mit ihm gemalt, in die Küche, um den Backofen einzuschalten, Bügelbrett herausgeholt, Wäsche aus dem Trockner gebügelt und in die Schränke geräumt.

Clarissas Hausaufgaben kontrolliert, Lasagne in den Backofen geschoben, Lars die Tränchen getrocknet, weil er hingefallen war, wieder in die Küche, Abendbrottisch gedeckt, Mann an Haustür empfangen, Küsschen gegeben, Bier eingeschenkt.

Abendbrot gegessen, Tisch ab- und Spülmaschine eingeräumt, Tisch abgewischt, Lars gebadet, Schlafanzug angezogen, ins Bett gelegt und noch eine Gute-Nacht-Geschichte vorgelesen.

Zu Mann ins Wohnzimmer gegangen uns aufs Sofa gesetzt.

„Wie war dein Tag?", fragte sie ihren Mann.

„Der reine Stress. Du kannst froh sein, dass du nur einen halben Tag arbeiten gehst und den Rest des Tages frei hast", antwortete er. „Holst du mir noch ein Bier?"

Sabine seufzte, erhob sich und ging in die Küche.

Der Messerblock schien sie plötzlich magisch anzuziehen. Automatisch griff ihre rechte Hand langsam zum langen, scharfen Kochmesser.

Einige Augenblicke sah sie es fasziniert an.

Dann drehte sie sich um und ging zurück ins Wohnzimmer, wo ihr Mann es sich im Sessel bequem gemacht hatte. Er bemerkte sie nicht. Bemerkte nicht, wie sie den Arm mit dem Messer hob. Bemerkte nicht das unheimliche Grinsen auf ihrem Gesicht.

Zwanzig Mal habe sie auf ihr Opfer eingestochen, schrieb die Presse später

Über die Autorin:

Barbara Wegener ist 1959 in Gelsenkirchen geboren, verheiratet und hat einen Sohn. Sie ist gelernte Rechtsanwaltsfachangestellte und lebt in Mecklenburg-Vorpommern. Mit dem Schreiben von Kurzgeschichten begann sie schon während ihrer Schulzeit, den ersten Roman stellte sie im Jahre 2000 fertig. Seit 2011 ist sie als freiberufliche Autorin für die Chichili Agency tätig. Ihr Sujet ist Fantasy in allen Ausprägungen. Ihre Kurzgeschichte "The Time After" war im Jahr 2013 und die Kurzgeschichte „New Eden" im Jahr 2014 in der Kategorie: Beste deutschsprachige Kurzgeschichte, für den Deutschen Phantastik Preis nominiert.